Felicitas Henn · Annabel, eine unmögliche Liebe

Felicitas Henn

Annabel, eine unmögliche Liebe

Roman

FOUQUÉ PUBLISHERS NEW YORK

Copyright ©2011 by Fouqué Publishers New York
Originally published as *Annabel, eine unmögliche Liebe, 2010*
by August von Goethe Literaturverlag

First American Edition
Printed on acid-free paper

Library of Congress Cataloging-in-Publication Data
Henn, Felicitas
[Annabel, eine unmoegliche Liebe / Felicitas Henn]
1st American ed.

ISBN 978-0-578-09473-1

Georg Mader hielt in seinem gleichmäßigen Trainingslauf an – da war eben ein gellender Schrei zu hören gewesen! Da war es wieder, und jetzt hielt das Schreien an. Auf der schmalen Waldstraße unter ihm schrie eine Frau verzweifelt um Hilfe. Georg Mader rannte los. Sein durchtrainierter Körper, seine Lungen gaben alles, was sie konnten, und da sah er es schon: Etwas, was ein Rollstuhl sein musste, raste die steile Straße hinunter. Leichte Kurven konnte die Insassin anscheinend bewältigen, aber ganz unten, wo es im rechten Winkel an der hohen Tiergartenmauer vorbeiging, musste es ganz sicher ein schreckliches Unglück geben.

Er bot tatsächlich seine ganze Kraft auf, den Rollstuhl zu erreichen, die Frau unter den Armen zu fassen und aus dem Fahrzeug herauszureißen. Dieses, aus der Bahn geworfen und etwas gebremst, taumelte hin und her und krachte dann doch gegen die Mauer.

Georg Mader und die Frau stürzten in den Straßengraben, der zu ihrem Glück mit dichtem, hohem Unkraut bewachsen war. Ein paar Sekunden lagen sie wie betäubt, er keuchte und rang nach Atem, sie stöhnte und jammerte nun leise. Er lag mit seinem großen, schweren Körper halb auf ihr und hielt mit seinen Händen immer noch ihren Oberkörper umklammert. Unter sich sah er halblanges dunkelbraunes Haar und zarte Schultern in einem hellblauen Pullover.

„Um Gottes willen", stammelte er. „Sie leben ja noch, aber was hab ich Ihnen mit meinem Gewicht und dem Sturz getan!"

„Ich weiß es nicht, ich kann mich ja nicht bewegen", kam es von unter ihm. Sie versuchte den Kopf zu drehen, um ihn anzusehen. Große graue Augen blickten ihn verstört an.

„Jessas", vorsichtig löste er sich von ihr, kniete nieder und drehte sie behutsam auf den Rücken.

Die junge Frau – Mädchen? – seufzte erleichtert. Während er sie besorgt beobachtete, bewegte sie Hände, Arme, drehte den Kopf und tastete hinunter zu den Knien.

„Ein paar blaue Flecken wird es vielleicht geben, aber sonst ist mir, glaube ich, nichts geschehen. Und Ihnen?"

Er starrte noch immer etwas benommen auf das weibliche Wesen, das da vor ihm im Straßengraben lag. Es war so ein hübsches Gesicht mit einem wunderschönen Mund, der jetzt leise lächelte: „Ich glaube, ich kenne Sie. Sie sind doch der Georg Mader. Ich habe Sie oft im Fernsehen gesehen. Was für ein Glück, dass gerade Sie in der Nähe waren und mich gehört haben. Ein anderer hätte das nicht geschafft. Wenn ich mit dieser Geschwindigkeit gegen die Mauer geprallt wäre – was wäre geschehen? Vielleicht haben Sie mir sogar das Leben gerettet. Aber Sie? Sind Sie verletzt?"

„Alles voll Dreck, sonst ist nichts passiert." Der aufgeschürfte Handrücken war ja nicht der Rede wert. „So, jetzt helf ich Ihnen erst einmal auf die Beine."

„Aber ich kann ja nicht stehen", und als sie seinen erschrockenen Blick sah, „nein, das hat nichts mit diesem Sturz zu tun. Ich bin querschnittsgelähmt."

Sein großer, empfindsamer Mund, die ernsten Augen drückten so viel entsetztes Mitleid aus, dass ihr die Tränen kamen.

„Es gibt Schlimmeres", murmelte sie.

Darauf wusste er keine Antwort. Er überlegte kurz und lief dann zu dem umgestürzten Rollstuhl. Kurz darauf kam er mit ihm wieder.

„Den hat's ganz schön erwischt, aber für unsere Zwecke reicht es", sagte er triumphierend. „Die Mechanik, die Lenkung, das ist alles kaputt, aber auf drei Rädern lässt er sich ja schieben, sodass ich Sie gut nach Hause bringen kann. Wie ist das denn überhaupt passiert?"

„Ich fahre sonst nie so weit, aber einmal wollte ich richtig in den Wald hinauf. Hin bin ich den sanften Weg gefahren, das hat der Motor mühelos geschafft, aber das Gefälle auf dieser steilen Straße habe ich unterschätzt, da haben die Bremsen versagt. Ich bin immer schneller und schneller geworden, es war entsetzlich. Ich hätte mich gleich am Beginn, als ich noch nicht so schnell war, in den Graben stürzen müssen, aber dann hatte ich einfach zu viel Angst. Ich danke meinem Schutzengel, dass er Sie geschickt hat."

Der Mann brummte etwas Unverständliches, hob sie vorsichtig auf und setzte sie in den Rollstuhl. Dann musste er lachen.

„Gut schaun wir zwei aus – auf und auf voll Dreck, unsere Sachen sind auch nicht mehr viel wert. So, und jetzt bring ich Sie nach Haus. Sie müssen mir nur sagen, wo das ist."

Eher langsam, weil dem Fahrzeug mit seinen drei Rädern doch nicht so recht zu trauen war, machten sie sich auf den Weg. Es stellte sich heraus, dass das nicht allzu weit war. Sie bogen schließlich in eine ruhige Straße mit kleinen Einfamilienhäusern in gepflegten Gärten ein, an deren Ende, in einigem Abstand von den anderen, noch ein kleines, hübsches Haus stand, vor dem die junge Frau ihn halten ließ.

„So, hier wohne ich."

„Was für ein Zufall", rief der Mann erfreut. „Dieses Haus kenn ich, ich schau beim Laufen immer, dass ich Nachmittag hier vorbeikomm, denn da spielt einer so wunderschön Klavier, dass ich nicht anders kann als ein paar Minuten stehen bleiben und zuhören."

„Dieser Eine bin ich", lachte sie und als sie sein ungläubiges Gesicht sah, „oder glauben Sie, nur ein Mann kann Klavier spielen?"

„Nein, natürlich nicht, aber es ist manchmal so kraftvoll. Ich hab mir immer vorgestellt, dass das ein Mann ist."

„Jetzt sind Sie direkt enttäuscht", neckte sie ihn.

„Irgendwie muss ich mich erst umstellen", brummte er.

Aus einer Tasche, die an der Rollstuhllehne befestigt und unbeschädigt war, nahm die junge Frau eine Fernbedienung, öffnete das Gartentor und gleich darauf die Haustür.

„Manchmal ist die moderne Technik geradezu ein Segen. Sehen Sie, hinter der Eingangstür habe ich meinen Rollstuhl für das Haus, also ist das Unglück nicht so groß."

„Wollen Sie nicht jemand rufen? Ist niemand zu Hause, der Ihnen helfen kann?"

„Nein, ich lebe doch allein hier."

„Allein?", er sah sie fassungslos an. „Ich hab am Gartentor immer das Schild studiert: Dr. A. Julian und gerätselt, ob das A für Adolf oder Anton steht."

„Das A steht für Annabel und das Dr. steht mir zu."

„Sie sind Ärztin?"

„Nein. Ich habe Anglistik und Theaterwissenschaft studiert, eine eher brotlose Kunst, nur das Englische hilft mir jetzt sehr."

Unschlüssig stand er vor ihr in der kleinen Diele.

„Und was geschieht jetzt? Ich setze Sie erst einmal in den anderen Rollstuhl."

„Danke, aber das mache ich ja immer selbst. Lange geübt."

„Aber ich hab es schon so gut im Griff", lachte er und hob sie in das andere Gefährt.

„Danke, aber jetzt kommen Sie mit ins Bad, dass Sie sich ein bisschen säubern können. Oh, die Hand ist ja verletzt, die werde ich auch versorgen."

Wie in einem Zauberschloss öffneten sich alle Türen. Das Badezimmer war so, wie er noch nie eines gesehen hatte. Während er sich die Hände und das Gesicht wusch, holte sie ein frisches Handtuch, den Erste-Hilfe-Kasten und erklärte ihm, wie sinnvoll und praktisch alles eingerichtet war.

Geschickt säuberte sie seine Wunde und legte, obwohl er heftig protestierte, einen leichten Verband an. „Damit es sich nicht infiziert."

Während sie sich Gesicht und Hände wusch, erklärte sie ihm die vielen sinnvollen Einrichtungen, die es ihr erlaubten, allein in dem Haus zu leben.

„Es kommt schon fast jeden Tag eine Frau, die sauber macht und mir Dinge für mich erreichbar richtet. Und dann jeden zweiten Tag eine Physiotherapeutin, auch eine ganz liebe Person. Es geht mir sehr gut, mir wird so viel geholfen."

Georg Mader war wie auf den Kopf geschlagen. Bei keinem seiner schweren Stürze beim Skifahren hatte er sich so gefühlt. Diese schöne junge Frau, mit dem schwersten Schicksal geschlagen, das er sich vorstellen konnte, sprach von ihrem Unglück mit einer solchen Gelassenheit, freute sich über die Menschen und Dinge, die ihr Leben erträglicher machten, dass er es nicht fassen konnte.

„Und was geschieht jetzt mit dem kaputten Rollstuhl?"

„Der ist von einer Firma in Innsbruck. Die werden ihn holen und reparieren. Gott sei Dank habe ich für derlei eine Versicherung."

„Ich fahre morgen sowieso nach Innsbruck. Da könnte ich das Ding mitnehmen. Sie müssen mir nur die Adresse geben. Das geht dann sicher schneller. Ich hol schnell meinen Wagen, bin dann gleich wieder da."

Als Georg Mader eine halbe Stunde später an der Tür läutete, hatte Annabel sich umgezogen, und auch er hatte saubere Sachen an. Sie trug jetzt einen Rock, und er hätte kein Mann sein dürfen, um nicht zu bemerken, dass sie sehr schöne Beine hatte, Beine, wie sie bei einer Gelähmten nicht zu erwarten waren.

„Es tut mir leid, dass ich Ihnen so viel Mühe mache", sagte sie ganz unglücklich. „Und dabei will ich Sie auch noch fragen, ob Sie mit mir Tee trinken wollen."

„Tee?", war die überraschte Antwort.

Sie lachte. „Oh, keinen Kamillentee oder Lindenblüten oder was man sonst trinkt, wenn man krank ist. Ich gehe jede Wette ein, dass Ihnen mein Tee schmeckt. Aber Sie können auch etwas Alkoholisches haben."

„Danke, aber mit Alkohol sind wir Sportler sehr zurückhaltend. Dann lieber Tee, aber Sie sollen sich keine Umstände machen."

„Ich trinke immer um diese Zeit Tee, es ist so gemütlich."

Er folgte ihr in die Küche und war wieder fasziniert, wie praktisch und technisch perfekt alles für eine Rollstuhlfahrerin eingerichtet war. Sie nahm ein Tablett, auf dem alles für den Tee vorbereitet war, und stellte es vor sich auf den Rollstuhl.

„Kann ich das nicht nehmen?"

„Danke, es geht schon. Es sei denn, ich habe etwas vergessen."

Wieder öffneten und schlossen sich die Türen wie durch Zauber. Alles schien ihm so unwirklich, wie in einem Traum. Er folgte ihr in das Wohnzimmer, ein sehr großer, heller Raum mit viel Fenster zur Straße, ein Flügel, ein Schreibtisch mit Bergen von Papier, Bücher in Reichweite und an jeder freien Wand, gegenüber eine Tür, die auf

9

eine Terrasse und in einen kleinen Garten führte, daneben ein großer, offener Kamin mit einem langen Tisch davor, zwei Polstersessel
und einem Sofa. In einer Ecke stand noch ein runder Esstisch mit
Sessel, auf den sie jetzt das Tablett abstellte.
„Im Winter, wenn im Kamin ein Feuer brennt, ist es dort sehr ge-
mütlich, aber jetzt im Sommer ist dieser Tisch praktischer für mich.
Aber, bitte, setzen Sie sich doch, Herr Mader", lud sie ihn ein, der in
der Mitte des Raumes stand und alles eingehend betrachtete,
„Das ist so ein schöner Raum. Die Möbel, die Farben der Stoffe, der
Teppich, alles gefällt mir. Aber sagen Sie doch nicht Herr Mader zu
mir. Einfach nur Georg."
„Gern, dann müssen Sie auch Annabel zu mir sagen."
„Das kann ich doch nicht, das geht nicht", protestierte er lebhaft.
„Sie sind so gebildet, haben studiert, spielen wunderbar Klavier, und
ich bin ein Bauer, der nichts anderes kann als schnell Skifahren."
„Merkwürdig. Was ich im Fernsehen von Ihnen gesehen habe, da
hatte ich nie den Eindruck, dass Sie einen Minderwertigkeitskom-
plex haben. Ich habe Sie für ausgesprochen selbstbewusst gehalten."
„Das bin ich auch dort, wo ich einen Grund dazu habe. Ich bin un-
gebildet, aber nicht dumm. Ich weiß, wo ich hingehör."
„Also fühlen Sie sich hier nicht wohl, tut es Ihnen leid, dass Sie hier
hereingekommen sind?", sagte sie ein wenig traurig. „Ich kann das
ja auch verstehen."
„Nein, nein, nicht was Sie jetzt denken", wehrte er ganz entsetzt
ab. „Ich finde das alles … ein großartiges Erlebnis, aber … ja, etwas
fremd ist mir das alles schon."
„Jetzt versuchen Sie erst einmal den Tee. Wenn er kalt geworden ist,
verliert er viel."
Sie reichte ihm eine Tasse, rückte Zucker, einen Teller mit salzigem
Gebäck und eine Schale mit Keksen in seine Nähe. Vorsichtig hielt
er die Tasse in seinen großen Händen und betrachtete die dunkel-
goldgelbe Flüssigkeit, schnupperte daran.

„Nun seien Sie nicht so ängstlich, da ist keine Droge drin. Das ist ein ganz kostbarer Tee, den ich immer geschenkt bekomme. Kosten Sie schon", drängte sie.

In kleinen Schlucken trank er, spürte dem Aroma lange im Mund nach.

„So etwas Ähnliches habe ich wirklich noch nie getrunken", sagte er schließlich erstaunt, „aber ich muss zugeben, es ist köstlich. Und das ist wirklich etwas ganz Natürliches?"

„Ehrlich. Und ich gebe in meinen ein paar Tropfen Milch, weil ich finde, dass das den Geschmack noch abrundet."

„Nein, das möchte ich eigentlich nicht. Dann ist die Farbe nicht mehr so klar und schön."

„Sie haben recht", sagte sie erstaunt. „So ist er für die Nase, die Zunge und die Augen ein Genuss, also für drei Sinne. Das habe ich nie bedacht."

Sie tranken eine Weile schweigend Tee, aßen von dem Gebäck.

„Ich muss jetzt wohl gehen, … Annabel", sagte er schließlich widerstrebend. „Ich hab Sie lange genug von Ihrer Arbeit abgehalten." Er deutete mit seiner Teetasse auf den unordentlichen Schreibtisch.

„Da ist nichts, was ich versäume. Sie glauben gar nicht, wie viel Zeit ich habe. Viel zu viel. So einen Tag wie heute habe ich noch nie erlebt. So ereignisreich."

„Ich kann mir vorstellen, dass Sie nicht oft in den Straßengraben geschmissen und von so einem Schwergewicht halb totgedrückt werden", sagte er trocken, worauf sie beide in Lachen ausbrachen.

„Und ich kann mich nicht erinnern, wann ich das letzte Mal gelacht habe!"

Aber diese Worte machten ihn so unglücklich, dass sie sie sofort bereute. Sie hatte das Gefühl, er wollte ihr eine Menge Fragen stellen, doch dann ging er mit der Versicherung, am nächsten Tag vorbeizuschauen und zu berichten, wann sie den zweiten Rollstuhl wieder bekäme.

Am nächsten Nachmittag spielte sie zur Belohnung für einige Stunden intensiven Arbeitens Klavier, als sie durch das offene Fenster Georg Mader vor dem Haus stehen sah. Sie öffnete ihm die Türen und bat ihn hereinzukommen.

Der Rollstuhl werde in einer Woche fertig, da könne er ihn ganz leicht wieder bringen. Die Woche darauf wäre er dann fort, zum Sommertraining nach Neuseeland. Nachdem sie beteuerte, wie unangenehm ihr die vielen Mühen wären, die sie ihm verursache, und er versicherte, dass ihm das doch nicht das Geringste ausmache, fragte sie, wie lange er in Neuseeland bleiben werde und wunderte sich ein bisschen, dass sie die Antwort „insgesamt etwa drei bis vier Wochen" gar nicht gern hörte.

„Aber, wenn Sie mich für meine Mühen, die ja gar keine sind, wirklich belohnen wollen, dann lassen Sie mich zuhören, wenn Sie weiterspielen."

„Gern. Setzen Sie sich hin, wo Sie wollen."

„Ich möchte am liebsten da an das Bücherregal gelehnt stehen und Ihnen auch zuschaun. Oder stört es Sie?"

Ein wenig befangen machte es sie schon, weil sie Zuhörer nicht gewohnt war, aber sie ließ ihn stehen, wo er wollte, fragte nur, was er gern gehört hätte.

Etwas ratlos sah er sie an.

„Es gefällt mir ja alles, was Sie spielen, aber einmal, da haben Sie etwas gespielt, das war so gemütvoll, so ergreifend."

Sie sah ihm in das Gesicht, ohne ihn zu sehen.

„Also ein Adagio? Ein Andante aus einer Sonate? Mein Repertoire ist ja nicht so groß."

Sie versuchte etwas aus einer Mozartsonate, etwas von Beethoven, aber er schüttelte den Kopf.

„Ja, das ist schön. Das habe ich schon bei Ihnen gehört. Aber ich meine etwas anderes, etwas ganz anderes. So einfach, dass man meinen könnte, ein Kind hat sich diese Melodie ausgedacht und singt sie für sich allein. Und doch greift es so ans Herz. – Ich kann mich nicht so ausdrücken. Man möchte es wieder und wieder hören."

„Sie haben Ihre Empfindungen so beschrieben, dass ich jetzt glaube zu wissen, was Sie meinen."

Sie spielte „O Jesu, meine Freude" und sah an seinem verklärten Gesicht, dass sie das Richtige gefunden hatte.

„Ja, das ist es", sagte er tief aufatmend, als sie zu spielen aufhörte. „Man wird ganz fromm, wenn man das hört. Wie kann etwas, was so einfach ist, so eine Wirkung haben? Sie mussten sich gar nicht plagen dabei, es ist doch sicher leicht zu spielen?"

„Aber es hat der größte Meister geschrieben, den die Musikgeschichte kennt. Johann Sebastian Bach konnte mit den kleinsten Mitteln Wunderbares schaffen. Dann wird Ihnen auch das gefallen", und sie spielte das Air, spielte es mit einem Ausdruck, der sie selbst überraschte. Ob es an dem Zuhörer lag? Sein grobes Gesicht war so weich geworden, seine grünlichen Augen hatten einen feuchten Schimmer bekommen. Sie spielte, er hörte zu, sie erprobte, was ihm am besten gefiel; nicht nur Zärtliches, Leises, auch Atemberaubendes wie die Sonate Pathetique von Beethoven, wobei ihm doch wieder das Adagio Cantabile am liebsten war. Sie hörten erst auf, als die Sonne untergegangen war und die Dämmerung nahte. Er hatte sich längst einen Sessel genommen, aber immer konnte er ihr Gesicht, ihre zarte, der Musik so hingegebene Gestalt und die Finger auf den Tasten sehen.

„Oh, es tut mir leid, es ist schrecklich spät geworden."

„Sagen Sie jetzt ja nicht wieder, dass Sie mich aufgehalten haben und dass Sie das bedauern", fuhr er sie fast grob an. „Sie haben doch gespürt, dass das für mich eine Sternstunde war, dass ... ich kann es wirklich nicht beschreiben, was das war."

„Da bin ich froh", sagte sie leise. „Ich habe nicht gewusst, dass es so einen großen Unterschied macht, ob man für sich allein spielt oder für jemand anderen und merkt, wie es den freut. Ich glaube, ich habe noch nie so gut gespielt." Jetzt war er es, der sich dafür entschuldigen wollte, dass er so lange geblieben war, er habe das wirklich nicht vorgehabt. Sie musste lachen.

„Wann werden wir einmal aufhören, uns ständig zu entschuldigen, dass wir dem anderen so viel Zeit geraubt haben. Es ist so unehrlich. Es zwingt uns nichts dazu. Sie kommen, weil Sie entdeckt haben, dass Sie Klavierspiel lieben, und ich freue mich, wenn Sie kommen, weil es eine so unglaubliche Abwechslung in mein eintöniges Leben bringt. Sie sind so anders als die zwei netten Frauen, die mir eine große Hilfe sind. – Aber, wenn es nun schon einmal so spät geworden ist und ich richtig hungrig geworden bin – möchten Sie nicht mit mir etwas essen? Ich kann ganz schnell etwas Kaltes richten. Ich habe auch eine Flasche Rotwein offen, einen Chianti Ruffino, den man mir geschenkt hat. Er soll etwas Besonderes sein. Ein Glas am Abend werden Sie sich doch hie und da erlauben?"

Auf sein unbeholfenes Beteuern, er könne jetzt nicht auch noch ihre Vorräte plündern, erklärte sie ihn kurzerhand für spießig, und darauf richteten sie gemeinsam in der Küche ein recht einfaches Abendessen, das sie sich aber in fröhlicher Stimmung gut schmecken ließen.

Zwei Tage später stand er wieder vor ihrer Tür. Sie war erfreut, aber auch überrascht, was ihn in große Verlegenheit stürzte.

„Ich hab in Innsbruck wegen Ihres Rollstuhls angerufen, und weil ich es so dringend machte, haben sie versprochen, dass ich ihn schon übermorgen abholen kann. Das wollte ich Ihnen nur sagen. Es geht doch nicht, dass Sie bei dem schönen Wetter im Haus eingesperrt sind."

„Das ist wirklich sehr freundlich von Ihnen, aber ich bin gar nicht eingesperrt. Jetzt eben war ich auf der Terrasse und habe dort gearbeitet. Ich kann mit dem Hausrollstuhl ganz leicht hinausfahren. Wollen Sie sich nicht die Terrasse und den Garten ansehen?"

Mit diesem Blick, den sie jetzt schon kannte, der so rasch alles ganz genau erfasste, besah er sich den Garten, der sanft abfallend in eine Wiese und weiter entfernt in einen bewaldeten Hügel überging.

„Eine schöne Aussicht haben Sie", stellte er fest. „Der Garten ist ja nicht sehr groß, aber wer macht die Arbeit?"

„Meine Hilfe. Wie Sie sehen, stelle ich keine großen Ansprüche, ich bin zufrieden, so wie es ist."

„Ich bin kein großer Gärtner, aber wenn es einmal etwas Gröberes gibt…ich würde Ihnen so gern helfen – Holz für den Kamin hacken und hereinbringen vielleicht."

Sie musste lachen.

„Sie sind wirklich der arbeitswütigste und hilfsbereiteste Mensch, den ich kenne."

„Sie verstehen das nicht", verteidigte er sich schon wieder etwas verlegen. „Was glauben Sie denn, wie ich meine Leistungen bei den großen Rennen bringen kann, wenn ich im Sommer auf der faulen Haut liege. Das Laufen, Radfahren, die Kraftkammer, die ich mir im Keller unseres Hauses eingerichtet hab – das ist mir alles nicht genug. Ich hab unserer Nachbarin schon ihren gesamten Wintervorrat an Holz geschnitten, in Scheiter gehackt und geschlichtet. Das tut mir richtig gut, und diese Arbeit bin ich von Jugend, fast von Kindheit an gewöhnt."

„Ich glaube, beinahe jeder Österreicher kennt Ihren Werdegang, da kann man gar nicht dran vorbei."

„Das ist nicht alles richtig, was in den Medien erzählt wird, nur um irgendetwas zu schreiben. Aber das stimmt, dass ich nicht das geworden wär, was ich heute bin, wenn ich nicht, seit ich denken kann, schwer gearbeitet hätte. – Und was arbeiten Sie?"

„Meine ist keine Schwerarbeit, obwohl ich viele Stunden damit zubringe. Ich übersetze Bücher, vorwiegend Romane, Erzählungen aus dem Englischen ins Deutsche. Es ist ein großes Glück, dass ich durch Vermittlung diese Arbeit bekommen habe. Ich tue das leidenschaftlich gerne, und so ist mein Leben nicht vollkommen sinnlos und nur eine Last für andere."

Sie sagte es ruhig und ohne Selbstmitleid, aber es stürzte ihn in einen solchen Wirbel von Empfindungen, dass sich in seinem Kopf alles drehte. Diese bildschöne junge Frau, so begabt mit allem, was ihm fremd und neu war – und ein Krüppel!

„Es ist so ungerecht", stieß er schließlich hervor.

„Wer hat uns je versprochen, dass das Leben gerecht ist? Und bei allen Ansprüchen, die wir ständig stellen, bleibt so vieles, was wir einfach hinnehmen müssen. Was hilft da Hadern und Bitterkeit? Außerdem muss ich für so vieles dankbar sein. Ich kann sehen, hören, fühlen. Dieser herrliche Ausblick hier, zu jeder Jahreszeit, und gerade in ihrem Wechsel. Der Duft, der von der Wiese, dem Wald, vor allem am Abend, herüberkommt. Die Vögel, die mich besuchen, ein keckes Eichhörnchen, eine fette Kröte. Die Musik, die mir so viel Freude macht."

Er war fassungslos.

„Was Sie da sagen, ist mir so unbegreiflich", stieß er hervor. „Ich glaub, ich würd verzweifeln."

„Wer sagt Ihnen denn, dass ich nicht manchmal verzweifle?", sagte sie mit gänzlich veränderter Stimme. Das Atmen schien ihr schwerzufallen. „Aber das Sehnen nach einem Ende, nach einem gütigen Tod, das habe ich weitgehend hinter mir. Wie gesagt, es ist mir ja so viel geblieben."

Nichts fiel ihm ein, was er dazu sagen konnte, nichts Tröstliches, absolut nichts. In seiner Not war da nur das eine: „Wollen Sie nicht etwas ganz Schönes auf dem Klavier spielen?"

Sie sah ihn mit großen Augen an.

„Ja, das wäre jetzt gut."

Es war Bach, sein Lieblingsstück, das eine ganz neue Dimension gewonnen hatte.

Wieder zwei Tage später brachte er voll Stolz den wiederhergestellten Rollstuhl.

„Das ist die Rechnung, zweifach für die Versicherung. Ich hätte gleich bezahlt, aber sie meinen, es wäre einfacher, wenn Sie es überweisen. Ein Zahlschein ist auch dabei."

„Ich weiß nicht, wie ich Ihnen danken kann. Sie haben schon so unglaublich viel für mich getan."

„Da weiß ich heute schon was", lachte er. „Sie spendieren mir einen Tee, diesen ganz tollen, Und meine Mutter hat heute an ihrem freien Tag einen Kranzkuchen gebacken, von dem hab ich ein paar Stück mitgebracht. Ich sage Ihnen, der ist, vor allem, wenn er so frisch ist, das Beste, was es gibt."

Er erwähnte nicht, was mit seiner Mutter vorangegangen war. Als er an jenem ersten Nachmittag zerrissen und verschmutzt nach Hause gekommen und später mit dem beschädigten Rollstuhl zurückgekehrt war, hatte er tief beeindruckt von seinem Erlebnis ihr haargenau erzählt, was geschehen war, hatte ihr die unglückliche junge Frau und das für ihre Bedürfnisse so perfekt eingerichtete Haus geschildert, erzählt, dass er das Haus schon kannte, weil ihn das Klavierspiel angezogen und wie sich herausgestellt hatte, dass der Dr. Anton oder Adolf Julian eine Annabel war.
Dann waren weitere Berichte ausgeblieben, und als überaus vernünftige Mutter eines erwachsenen Sohnes – und speziell dieses Sohnes – hatte sie nicht gefragt, wo er auf einmal so viele Stunden zubrachte. Ein Mädchen konnte es diesmal wohl nicht sein, sonst wäre er ja über Nacht weggeblieben.
Bis er sie dann bat, seinen Lieblingskuchen, den Kranzkuchen, zu backen und ihm die Hälfte davon einzupacken, er würde ihn Nachmittag mitnehmen. Da fragte sie dann doch, was er mit dem Kuchen wollte.
„Ich möchte ihn der querschnittsgelähmten Frau bringen, du weißt schon, die ich aus dem defekten Rollstuhl gerettet hab."
„Du hast sie seither öfter besucht?"
„Ja."
Das musste die Mutter erst einmal verdauen.
„Wie lang sitzt die Arme denn schon im Rollstuhl?"
„Weiß ich nicht."
„Wie ist das Unglück denn passiert?"
„Weiß ich nicht."
„Ja über was redet ihr denn, wenn du gar nichts über sie weißt?"
„Ich weiß nicht."
„Sag einmal, kannst du nichts anderes sagen als ‚ich weiß nicht'?"

17

„Ich weiß nicht", aber dann legte er schnell seine Hand auf den Mund, wie um die Worte noch zurückzuhalten.

Marianne Mader musste so lachen, dass sie ganz schwach in einen Sessel sank. Schließlich sah er auch das Komische an diesem Gespräch und lachte mit.

„Ich weiß schon, dass ich einen Verrückten als Sohn hab, aber das ist ja wohl das Verrückteste. Geh schlafen, Bub, mit dir ist ja heute doch nichts mehr anzufangen."

Brav stand er auf, aber in der Tür sagte er noch:

„Vielleicht verstehst du, dass das alles so vollkommen ungewöhnlich ist, dass man es einfach nicht erklären kann."

Ganz verstand sie es nicht, aber eine schwache Ahnung kam ihr doch.

Mitten in der gemütlichen Jause erinnerte er sich an das Gespräch mit seiner Mutter. Annabel hatte den Kuchen begeistert gelobt und heftig bedauert, dass sie sich gerade bei Süßem, wofür sie eine Schwäche habe, so zurückhalten musste, um nicht an Gewicht zuzulegen. Sie dürfe es den Menschen, die sie ja oft heben mussten, nicht zu schwer machen.

„Sie wissen alles über mich…Annabel (er hatte noch Hemmungen, sie so vertraulich mit ihrem Vornamen anzusprechen), aber ich weiß von Ihnen überhaupt nichts."

„So viel weiß ich ja auch nicht. Sie haben selbst gesagt, was die Medien über Sie berichten, stimmt nicht immer ganz."

„Na ja, aber ich lebe wirklich mit meiner Mutter hier in ihrem Haus und hab einen Teil meiner Kindheit und frühen Jugend auf dem Bergbauernhof meines Onkels verbracht."

„Und Ihr Vater? Von dem hört man nie etwas. Sie haben doch einen Vater?"

„Das bringt die Natur so mit sich", antwortete er trocken. „Aber mein Vater ist uns abhanden gekommen, als ich fünf Jahre alt war."

„Abhanden gekommen! Wie das klingt! So merkwürdig, dass ich versucht bin zu lachen, aber das wäre sehr taktlos."

„Aber nein. Ehrlich gesagt ist mir mein Vater nie abgegangen. Ich bin schon ein harter Knochen. Aber meiner Mutter auch nicht. Sie wollte nie wieder heiraten, obwohl sie ein paar Angebote gehabt hat. Sie sagt, einmal hat ihr gereicht. Mein Vater hat bei den Skiliften gearbeitet und war da ganz geschickt, aber dann hat ihn das Leben hier mit einer Frau und einem lästigen Balg nicht mehr gefreut, und er ist einfach verschwunden. Vor fünf Jahren, als ich gerade 28 war, kam aus Kanada die Nachricht von seinem Tod. Autounfall. Anscheinend hat er da drüben keine neue Familie mehr gegründet, denn man hat mich als Sohn und Erben ausgeforscht. Dem dortigen Notar oder was der war haben wir geschrieben, er soll die kleine Hinterlassenschaft einer Hilfsorganisation geben. So, das ist meine glorreiche Familiengeschichte."

„Da hat Ihre Mutter Sie ganz allein großgezogen?"

„War nicht leicht für sie. Sie hat damals wie heute im Interspar gearbeitet und es ist sich halt immer knapp ausgegangen. Als ich zehn war und es sich schon gezeigt hat, dass ich aufs Studieren keinen Bock hab, da hat der Bruder meiner Mutter, der Perner-Bauer, der selbst keine Kinder hatte, mich zu sich genommen, mit der Aussicht, einmal den Hof zu erben. Mir war das recht. Ich konnte dort in meiner – allerdings kargen – Freizeit das tun, was mir das liebste auf der Welt war, nämlich skifahren. Ich bin richtig geschunden worden, aber das hat mir nichts gemacht, denn der Onkel war anständig zu mir, hat mich nie geschlagen. Das hätte ich mir auch nicht gefallen lassen. Ich hab immer schon einen sturen Schädel gehabt.

Dann ist ganz plötzlich seine Frau gestorben, er hat sofort wieder geheiratet. Da sind dann auf einmal Kinder gekommen, und für mich waren die Aussichten ganz anders. Ich wär nur mehr auf Lebenszeit ein Knecht gewesen. Da bin ich – mehr oder weniger im Guten – gegangen. Ich war ihm wirklich nichts schuldig.

Dann hab ich da und dort gearbeitet, immer schwere körperliche Arbeit, aber ich bin meiner Mutter nie auf der Tasche gelegen.

Vor allem hab ich mit Verbissenheit und oft Unverschämtheit meine Karriere als Skifahrer betrieben. Gegen die Meinung der

Fachleute war ich immer davon überzeugt, etwas zu erreichen. Es war verdammt hart. Mir ist nie etwas geschenkt worden. Keiner hat an mich geglaubt, keiner hat mich gesponsert. Meine ersten Erfolge waren so lächerlich, dass ich heute nicht mehr dran denken will. Ich schäme mich nicht dafür, dass ich stolz darauf bin, was ich erreicht und wie viel ich schon verdient hab. Und ich hab kein Verständnis für Weicheier und Schwächlinge, die alles geschenkt haben wollen. Mir hat niemand etwas geschenkt, und ich schenk auch keinem etwas."

Annabel hatte geradezu atemlos zugehört. Sie hatte den Verdacht, dass er diese Rede nicht oft hielt und er sich einer Last, die ihn trotz seiner Stärke drückte, entledigen wollte.

„Mein Leben hat so ganz anders begonnen als Ihres, und wo stehen Sie heute und wo ich? Mein Vater war in Wien ein angesehener Chirurg, meine Mutter Mittelschullehrerin für Deutsch, Geschichte und Musik. Daher vielleicht auch meine Neigungen. Ich als einziges Kind hatte eine wunderschöne Kindheit und Jugend in einem glücklichen Elternhaus. Ich machte Matura, durfte studieren, auf was ich Lust hatte. Mein Doktorat haben die Eltern nicht mehr erlebt. Von einem Urlaub auf den Kanaren sind sie nicht zurückgekommen. Mit 178 Passagieren waren sie sofort tot. Bis auf ein paar entfernte Verwandte, die mir nicht nahestanden, hatte ich keine Familie mehr. Aber da war ein Freund, ein junger Jurist, der erst vor Kurzem eine Anwaltspraxis aufgemacht hatte. Wir waren verliebt, wir heirateten.

Es war alles gut und schön, bis der Unfall passierte. Niemand war schuld. Nicht der siebenjährige Bub, der plötzlich die Kontrolle über sein Fahrrad verlor, nicht der entgegenkommende Fahrzeuglenker, der, um dem Kind auszuweichen, seitlich in meinen Wagen krachte. Ich war auch nicht schuld, aber ich war das einzige Opfer. Dem Kind ist nichts geschehen, dem anderen Fahrzeuglenker, der so wie ich allein im Auto saß, auch nichts. Ich hatte nur zwei geprellte Schultern, keinen einzigen Kratzer, aber der Airbag war nicht aufgegangen, und so hat der Aufprall unglücklicherweise mein Rückgrat gebrochen."

Jetzt hatte er atemlos zugehört.

„Und was war dann? Oder wollen Sie nicht darüber reden? Ich versteh das schon."

„Ach nein, warum sollen Sie nicht auch noch den traurigen Rest hören? Ein halbes Jahr lang hat man alles, aber auch wirklich alles getan, um mir zu helfen. An diese Zeit will ich wirklich nicht zurückdenken. Die unzähligen Hoffnungen, die sich immer wieder zerschlugen, die Schmerzen."

„Schmerzen! Haben Sie jetzt auch Schmerzen?", fragte er entsetzt.

„Ganz selten, und man kann sie heute mit ein paar Injektionen wieder wegbringen. Meist bin ich selber schuld, wenn ich eine schlechte Bewegung gemacht habe, ausgerutscht bin. Aber das ist kein Problem."

„Und dann?"

„Dann kam das endgültige Urteil: querschnittsgelähmt auf Lebenszeit. Aber weil ich manchmal das Gefühl habe, Sie bewundern meine Seelenstärke – das brauchen Sie wirklich nicht. Und wie ich mit meinem Schicksal gehadert habe! Und ich habe die sinnloseste aller Fragen gestellt: warum gerade ich? Heute sage ich: Warum sollte es gerade mich nicht treffen? So etwas geschieht täglich, stündlich, womit hätte ich das Privileg verdient, dass es einen anderen trifft, nicht mich? Verstehen Sie was ich meine?"

Er schüttelte heftig den Kopf.

„Nein, ich könnte das nie so nehmen, nie."

„Und was bliebe Ihnen anderes übrig?", fragte sie mit feuchten Augen. „Glauben Sie mir, Sie kämen auch eines Tages dorthin, wo ich heute bin, gerade weil Sie so stark sind."

„Ich bin ein Kämpfer, kein Dulder."

„Niemand ist von Anfang an ein Dulder, man wird es erst. Aber jetzt will ich Ihnen von dem großen Glück erzählen, das ich hatte. Nach meiner Scheidung war…"

21

„Was!", fuhr er wütend in die Höhe, „in dieser Situation hat Sie Ihr Mann in Stich gelassen? So ein Schwein!"

„Nein, nein, umgekehrt. Ich wollte die Scheidung und ich musste hart darum kämpfen, nicht nur mit meinem Mann, der sich mit allem dagegen sträubte, sondern auch die Anwälte und Freunde musste ich von der Richtigkeit und Endgültigkeit meiner Entscheidung überzeugen."

„Aber warum denn nur? Es wäre doch so viel leichter für Sie gewesen. Ihr Mann hätte Sie umsorgt, eine nette Pflegerin aufgenommen. Sie wären in Ihrer gewohnten, sicher sehr schönen Umgebung geblieben, nicht so allein, weit weg von Wien in diesem öden Kaff. Ich begreife nicht."

„Sie kennen meinen Mann nicht. Er ist erfolgreich und überaus ehrgeizig. Er überlegte sogar, in die Politik zu gehen. Ich war ihm eine gute Partnerin, er nahm mich überallhin mit. Ich war seine Vorzeigefrau, hielt Kontakte. Wir waren ein gutes Team. Mir gefiel es. Aber dann: Wo konnte er eine Frau im Rollstuhl hin mitnehmen? Sich bemitleiden oder für seinen Opfermut bewundern lassen? Dann nur mehr allein ausgehen, immer mehr abendliche Verpflichtungen außer Haus. Endlich die Ahnung, dass da eine Frau war; es war ja nur natürlich. Ich konnte ihm ja keine Frau mehr sein. Entweder hätte er es verheimlicht oder geglaubt, ehrlich sein zu müssen. Sehen Sie, d a s hätte ich nicht ertragen. Früher oder später hätte er mich dafür gehasst, dass ich sein Leben zerstört hatte, dass ich ein Klotz an seinem Bein gewesen wäre. Da wäre ich hundertmal einsamer und unglücklicher als hier gewesen. So begreifen Sie doch endlich!"

„So schnell kann ich das nicht. Aber jetzt erklären Sie mir, wo denn da das große Glück ist, von dem Sie immer sprechen. Das ist ja wohl der Gipfel!"

„Sehen Sie, der Autolenker, der zum unschuldigen Urheber meines Unglücks wurde, hätte ein kleiner Angestellter sein können, ein Mann, der seine Familie mit seinem Gehalt mühsam gerade noch erhalten kann. Die Versicherungen haben brav alles gezahlt: einen Großteil der wahnsinnig teuren Behandlungskosten, einen Rollstuhl

– meinen Mann konnte ich für sein Unglück doch nicht auch noch zahlen lassen –, ich hätte mein Leben in einem staatlichen Pflegeheim gefristet, so ziemlich das Ärgste, was ich mir vorstellen kann. Aber nein, der andere Autolenker ist einer der reichsten Männer Österreichs und ein Mann – wenn man den abgedroschenen Ausdruck gebrauchen soll – mit einem Herzen aus purem Gold. Er war so verzweifelt über mein Unglück, das können Sie sich gar nicht vorstellen. Es kam so weit, dass er m i r leid getan hat. Er hat dieses Haus ausfindig gemacht und mit Kosten, an die ich lieber nicht denken will, mit persönlichem Einsatz und Leuten, für die das mit seiner Einrichtung ein Prestigeobjekt geworden ist, zu dem gemacht, was es heute ist. Es wurde in Fachzeitschriften veröffentlicht, sogar gefilmt. Dieses Haus stellt er mir kostenlos zur Verfügung, übernimmt sämtliche Betriebskosten. Ich muss mich um nichts kümmern. Er bezahlt eine tüchtige Physiotherapeutin, die mich jeden zweiten Tag massiert und Übungen mit mir macht, damit meine Muskeln nicht verkümmern. Dadurch sind auch meine Beine geblieben, wie sie waren. Er hat durch seine Beziehungen die Arbeit in dem Verlag besorgt. Er und seine Frau rufen mich jede Woche an, sie sind ganz liebe Freunde geworden. Ich habe versprochen, dass ich sofort zu ihm komme, wenn ich irgendetwas brauche. Wenn ich von diesem blöden Rollstuhlunfall erzählt hätte, wäre man böse gewesen, dass ich das allein ...... allein ist gut. Ich habe überhaupt nichts dazu getan. Sie hatten die ganze Mühe und Plage. So, und jetzt sehen Sie doch ein, dass ich bei alldem doch großes Glück gehabt habe?"
„Ich sehe vor allem, dass es fast finster geworden ist. Ein Wahnsinn, Sie so lang ohne etwas Warmes hier sitzen zu lassen."
Energisch packte er den Rollstuhl, schob ihn in das Wohnzimmer, ihren Protest, dass sie das doch allein könne, völlig ignorierend, räumte alles, was auf dem Gartentisch lag, sowie die Sitzpolster, herein, verschloss die Terrassentür. Mit all diesen Aktivitäten beendete er ein Gespräch, dem sie beide nichts mehr hinzufügen wollten.

Erst nach drei Tagen kam er wieder. Mit einer kleinen, rotblühenden Topfpflanze, um Abschied zu nehmen. Er konnte nur kurz bleiben, denn es gab vor seiner Abreise noch so viel zu erledigen. So fragte sie nur, wie diese Reise verlaufen würde, ob er allein oder mit seinem Team unterwegs wäre.

Ja, es wäre schon sehr angenehm, dass er sich nicht um die Organisation der Reise kümmern müsse. Und obwohl er mittlerweile ja ganz gut Englisch könne, wäre er sicher allein bei der Ankunft in Neuseeland völlig aufgeschmissen.

„Aber ich freu mich wahnsinnig auf Skifahren", verkündete er mit leuchtenden Augen. „Sie können sich nicht vorstellen, wie mir das im Sommer abgeht. Das bisschen Gletscherskifahren ist doch nichts. Aber dort wird es ernst. Da geht's wieder aufs Ganze."

„Es ist doch nicht so gefährlich wie ein richtiges Skirennen?", fragte sie besorgt.

„Ich würde sagen, die blödesten Verletzungen zieht man sich bei einem Training zu, wenn man nur schnell sein will, aber diese große Spannung, die letzte Konzentration, der Siegerwille fehlt."

Sie reichte ihm zum Abschied die Hand, die er fest drückte, wünschte ihm eine gute Reise, und als er schon in der Tür stand, sagte sie noch: „Sie werden mir fehlen."

Sie rollte auf die Terrasse hinaus, ohne ein Buch oder eine Arbeit mitzunehmen. Sie wollte nur einfach nachdenken.

Diese letzten Worte hätte sie gern zurückgenommen. „Sie werden mir fehlen." Sie hatte sein Gesicht nicht gesehen, und er hatte nichts darauf gesagt. War es aufdringlich gewesen? Würde er glauben, sie erwarte, dass er sie wieder besuchen würde?

Aber es stimmte schon: Er würde ihr fehlen und es wäre schön, wenn er bei seiner Rückkehr sie wieder besuchen käme. Es war nett gewesen, ihn im Haus zu haben. Sie hörte gern zu, wenn er von dem ihr so fremden Sportlerleben erzählte, von seinen Erfolgen und Enttäuschungen, den unglaublich schweren Stürzen, die er dann doch überlebt hatte. Sie freute sich, wenn er Interesse an ihrer Arbeit zeigte, es gern hatte, wenn sie ihm ganze Absätze aus einem Buch, das sie gerade übersetzte, vorlas, weil es ihr besonders gut schien. Zu sehen, wie er auf dieses oder jenes Musikstück reagierte und seine Kommentare zu hören.

Es war ein Mann, über dessen Anwesenheit sie sich freute. Sie sah in den spätsommerlichen Garten hinaus und überlegte, legte es sich so zurecht: Die Welt bestand aus Männern und Frauen, und Männer und Frauen waren in allem sehr unterschiedlich. Im normalen Leben hatte man mit beiden zu tun. Man kaufte bei einem Mann die Zeitung, der Briefträger brachte die Post, man bewegte sich auf der Straße, im Autoverkehr unter Männern und Frauen. In ihrem früheren Leben, mit ihrem Mann, waren sie viel in Gesellschaft gewesen, im Theater, in der Oper – Männer und Frauen. Das war das ganz normale Leben. Jetzt aber vergingen oft viele Tage, ohne dass sie einen Mann sah, eine männliche Stimme hörte. Es ist einfach die männliche Komponente, die in meinem Leben fehlt. Dieser Skiheld, der so männlich war, dass es für drei gelten konnte, hatte diese Einseitigkeit, die Eintönigkeit ihres Lebens unterbrochen, und das war es, was sie als so angenehm und erfreulich empfunden hatte.

Beruhigt und sehr zufrieden mit ihren Schlussfolgerungen fuhr sie schließlich in das Haus, um wieder zu arbeiten.

Hatte sie früher dem Sportteil in der Presse keine Beachtung geschenkt, suchte sie jetzt aufmerksam nach Nachrichten über das österreichische Skiteam und war froh, unter den spärlichen Erwähnungen nichts über Verletzungen zu finden.

Elfriede, die Physiotherapeutin, und Frau Bauer, beide Erbacherinnen, fragte sie natürlich über den berühmten Skifahrer aus. Selbstverständlich war der Ort und die ganze nähere Umgebung überaus stolz auf den Georg Mader, und wenn eines der ganz großen Rennen stattfand, bei dem man sich für ihn gute Chancen ausrechnete, fuhr immer eine Gruppe seiner Fangemeinde hin, um ihn anzufeuern und nachher bei einem Podestplatz gebührend zu feiern.

Aber sonst war er den Leuten nicht sehr interessant. Man kannte ihn schließlich schon als Kind, war teilweise mit ihm in die Schule gegangen, wurde von seiner Mutter im Supermarkt an der Kassa bedient. Daraus werden keine romantischen Helden gemacht. Der große Rummel um ihn spielte sich in den Medien ab. Außerdem galt er schon immer als Einzelgänger, was ihm heute Böswillige natürlich als Hochmut auslegten.

„Er war keiner, der mit den anderen von Disco zu Disco zog", sagte Frau Bauer, die einen Sohn in Georg Maders Alter hatte. „Das hätte er ja auch nicht können. Geld hat er keins gehabt und Zeit auch nicht, denn er hat gearbeitet wie ein Kuli, und sonst hat er Sport getrieben mit einer Verbissenheit, die sich ja dann auch ausgezahlt hat. Die Leute sagen, er muss schon Millionen verdient haben mit der Werbung. Für die Rennen kriegen sie ja auch bezahlt, glaub ich. Wenn's stimmt, zeigt er es nicht. Er lebt, wenn er hier ist, noch immer bei seiner Mutter, auch Auto fährt er kein Großartiges."

„Verheiratet ist er nicht?"

Frau Bauer lachte. „Ich glaub, auch dafür hat er keine Zeit. Als er noch sehr jung war, da war er mit der Tochter vom Inspektor Suchy zusammen. Das hat sogar ein paar Jahre gedauert. Sie ist gern zu den Rennen gefahren und hat sich als seine Freundin interviewen lassen. Aber irgendwie ist es dann auseinandergegangen, wahrscheinlich, weil er so wenig hier war. Jetzt ist sie verheiratet und hat einen kleinen Buben."

Drei Wochen vergingen, ohne dass man etwas von den österreichischen Skifahrern hörte. Ein Schwimmer und eine Tennisspielerin beherrschten die Sportnachrichten. Nach vier Wochen sagte Annabel sich sehr vernünftig, dass das Thema Georg Mader wohl abgeschlossen war. Die Langeweile im sommerlichen Erbach, ihr Schicksal und das für ihn Neue und Ungewöhnliche hatten ihn zu ihrem Haus geführt. Jetzt aber war er um die halbe Welt gereist, hatte sich mit aller Kraft auf die bevorstehenden großen Rennen vorbereitet. Wenn er jetzt überhaupt nach Hause kam, dann vielleicht auf einen kurzen Besuch bei seiner Mutter.

An einem dunklen Nachmittag, es wurde jetzt schon so früh finster, stand er dann doch vor der Tür.

Vor Überraschung und Freude wäre sie ihm am liebsten um den Hals gefallen, was sich aber im Rollstuhl sowieso nicht machen ließ. „Sie sind ja noch brauner als im Sommer, aber geradezu hager", sagte sie stattdessen.

„Dass ich schlecht ausschau, hat auch meine Mutter schon beanstandet", lachte er. „Wir sind aber auch wahnsinnig geschunden worden. Urlaubsreise war das keine. Na, um mich aufzufüttern wird sie nicht viel Gelegenheit haben, ich kann nicht lang bleiben. Jetzt geht's dann Schlag auf Schlag. Das nächste Rennen ist Lake Louise in Kanada. Da hab ich noch nie Glück gehabt, aber heuer will ich es erzwingen."

Im Wohnzimmer sah er sich mit seinem gewissen Blick um, der immer alles sofort zu erfassen schien.

„Kein Feuer im Kamin?", fragte er enttäuscht. „Ich hab mir vorgestellt, an so einem trüben Tag wäre das genau das Richtige. Ist es Ihnen recht, wenn ich ein Feuer mach?"

Mit dem Inhalt des Papierkorbes und kleineren Holzstückchen hatte er in kurzer Zeit ein helles Feuer zustande gebracht, das er weiter kunstvoll aufbaute. Sie schaute ihm bewundernd zu.

„Wie schnell Sie das fertiggebracht haben. Bei mir geht es immer wieder aus."

„Da ist wirklich nichts dabei. Man muss nur wissen, wie."

„Das ist es eben. Aber wie wäre es mit Tee, um die Gemütlichkeit noch zu steigern? Oder etwas anderes?"

„Bitte Tee, wenn es Ihr ‚Kostbarer' ist, der ist wirklich ganz einmalig. Ich hab die verschiedensten Tees ausprobiert und bin von meinen Kameraden schon gehänselt worden, ob ich nach China auswandern will. Das hätte mancher gern – ein scharfer Konkurrent weniger."

Essen wollte er nichts, seine Mutter hätte ihn gerade abgefüttert, aber den Tee trank er mit genießerischen kleinen Schlucken.

Es war so schön, dass er wieder da war. Die grünen Augen blitzten in dem braunen Gesicht, und ihr war noch nie aufgefallen, dass er ganz besonders schöne Zähne hatte. Aber vor allem – es ging eine Kraft von ihm aus, die den ganzen Raum auszufüllen schien. Und er lachte heute so viel, war so froh, so … lebendig.

„Und wie ist es Ihnen in der Zwischenzeit ergangen?"

„Wie immer. Immer dasselbe. Aber so lange war es ja auch nicht."

„Mir ist es lang vorgekommen. – Also kein Unfall mit dem Rollstuhl, niemand hat Sie in den Straßengraben schmeißen müssen."

Er lachte.

„Also unsere Bekanntschaft hat schon ganz ungewöhnlich begonnen. So etwas passiert wirklich nicht alle Tage. Was für ein Glück, dass ich in der Nähe war."

Sie tranken Tee, er hielt das Feuer in Gang, aber immer wieder kehrte er zu den bevorstehenden Rennen und seinen Hoffnungen zurück.

„Ich muss heuer in Lake Louise siegen. Ich weiß, heuer erzwing ich es."

„Sie machen mir Angst, wenn Sie so reden. Da habe ich das Gefühl, Sie gehen jedes Risiko ein."

„Ohne Risiko geht gar nichts."

„Haben Sie denn nie Angst?"

„Angst? Nein, es ist eher die Lust an der Gefahr, an dem Gefühl, wie gut man ist. Ich bin immer gut, auch wenn ich nicht auf dem Stockerl steh nachher. Aber wenn ich mich da hinunterstürz, da bin ich ein Kaiser. Wenn ich sag, je schwieriger, umso besser, dann heißt das nicht, dass das immer so war. Es wär gelogen, wenn ich behaupte, dass ich bei meinem ersten wirklich schweren Rennen nicht im letzten Moment – nein, nicht wirklich Angst gehabt hab, sondern dachte: jetzt begehst du Selbstmord. Könntest dich gleich vor einen fahrenden Zug werfen."

Er lachte.

„Aber aus den Skiern gestiegen und zu Fuß hinunter bin ich dann doch nicht. Die Lust drauf war zu groß. Das war die Streif – Kitzbühel oder Kitz, wenn Ihnen das etwas sagt.

Und ich bin nicht der einzige, dem es da schon gegraust hat beim ersten Mal, lauter Asse, aber ein normaler Mensch tut das sowieso nicht. Ich bin damals hinuntergekommen – nicht als Erster, das war dann später, aber da war ich schon süchtig. Viermal war das bis jetzt, dass ich da gesiegt hab, aber genug hab ich noch nicht.

Ärgern kann mich heut schon, wenn ich in Superform war, genau so gut wie der Erste, aber wegen einem Bruchteil einer Sekunde, wegen einem Windhauch, einer Wolke, die auf einmal da war – und dann steh ich auf Platz acht. Mir kann keiner was erzählen – ohne Glück erreicht man nichts."

„Dann gibt es Rennläufer, die immer um den Bruchteil einer Sekunde zu spät sind, die nie etwas erreichen?"

„So ist es auch wieder nicht. Keiner hat immer nur Glück oder Pech. Auch das größte Genie kann heute kein Rennen gewinnen, wenn er nicht diszipliniert ist, seinen Körper bis ins Letzte beherrscht und berechnet, kalkuliert. Früher hat man gesagt: „Wer's nicht im Kopf hat, der hat es in den Beinen." Stimmt nicht. Der Gottlieb, unser Trainer, sagt immer: „Burschen, mit den Beinen allein hat keiner noch ein Rennen gewonnen." Und recht hat er. Was man heut mit den Schuhen, den Bretteln sowieso, herumtüfteln muss! Die Laufflächen, was man drunter anhat, so vieles ist heute schon vorgeschrieben oder verboten, und das ist gut so. Mir macht dieses ewige Berechnen Spaß, Gott sei Dank, aber anderen nicht, und die tun mir leid."

„Was Sie da schildern, ist für mich nicht vorstellbar. Für mich klingt es wie eine elende Schinderei, die einem noch dazu das Leben kosten kann."

„Na, das Leben geht selten drauf. Es kann schon vorkommen, dass man froh ist, wenn man heil angekommen ist, wenn so überhaupt nichts gepasst hat, weil man keine Sicht hat, ein eisiger Wind einem den Atem nimmt und man sich nicht einmal vorstellen kann, was man unter den Bretteln hat. Wenn es gut gegangen ist, dann freut einen natürlich der Platz ganz oben und der Jubel der Leute, die Anerkennung. Aber das Beste ist die Zufriedenheit mit sich selbst, dafür geb ich alles, das ist Leben. Werden Sie sich die Rennen im Fernsehen anschaun?"

„Ich habe es vor, aber ich weiß nicht, ob ich es aushalte."

Er brach in lautes Lachen aus.

„Meine Mutter sagt, sie schluckt immer Baldrian."

Er konnte gar nicht aufhören zu lachen.

„Ich finde das gar nicht komisch. Vielleicht werde ich mir auch Baldrian besorgen lassen."

Als er schon aufgestanden war, um zu gehen, blieb er dann aber doch noch unschlüssig stehen.

„Ich hab mir einen kleinen CD-Player angeschafft, den ich überall mitnehmen kann, aber das Klavier hören und sehen, wie Sie spielen, das ist doch etwas ganz anderes. Würden Sie mir noch zum Abschied etwas spielen?"

Sie musste nicht überlegen, was sie spielen wollte, und wusste nachher, dass sie ihm etwas Gutes mit auf seinen gefahrvollen Weg gegeben hatte.

Seine Mutter kam gerade ins Vorzimmer, als er sich mit dem Kamm durch die Haare fuhr und eingehend im Spiegel betrachtete. Sie lachte.

„Du bist schon ein eitler Pfau. Aber gut schaust du heute wirklich aus."

Er betrachtete seine hellbraunen Clarks, die gut geschnittenen langen Hosen und den Kaschmirpullover.

„Wo hast du ein Einwickelpapier?"

„Was willst du denn einwickeln?"

„Ich hab da eine Flasche Südtiroler Rotwein. Du magst so etwas Trockenes ja nicht, du bist mehr für das Süße."

„Du gehst wieder zu ihr?"

„Ja."

Sie hätte sich so gern beherrscht, aber sie konnte es nicht.

„Georg, ich bitte dich, was soll denn daraus werden?"

„Was soll woraus werden?"

„Du weißt genau, was ich meine. Du bist 33, könntest schon längst eine Familie gründen, aber du, du rennst, so wie du da bist, zu dieser, dieser…"

Er sah sie an, und sie wusste, dass sie jetzt nicht Invalide oder Krüppel sagen durfte.

„Gehen wir hinein und reden wir das einmal aus", sagte er ruhig und ging ihr voran ins Wohnzimmer.

„Ich kann es einfach nicht verstehen. Du bist ein gesunder, normaler junger Mann. Diese Frau passt doch überhaupt nicht zu dir."

„Ich hab auch in der Kindheit und als ganz Junger nie einen wirklichen Freund gehabt, jetzt hab ich einen. Dass dieser Freund eine Frau ist oder eigentlich keine Frau… was spielt das für eine Rolle? Mir keine.

Mutter, du kennst mich wie sonst kein Mensch. Du hast doch gemerkt, dass ich mich in den letzten Jahren verändert hab. Ich bin herumgekommen, hab etwas von der Welt gesehen, hab Leute kennengelernt, die nett zu mir waren, weil sie meine Leistungen als Sportler bewundert haben. Aber ich hab natürlich gemerkt, dass sie mir in anderer Weise haushoch überlegen waren. Ich hab etwas gesucht und eigentlich nicht gewusst, was. Dann hab ich diese Frau kennengelernt und gleich gespürt, dass sie mir Antwort auf so viele Fragen geben kann. Sie hat mir die Tür zu einer ganz anderen Welt, als ich sie bis jetzt gekannt hab, geöffnet. Durch sie hab ich das Wunder der Musik kennengelernt, wie schön Worte, Sätze sein können. Was ein Buch einem geben kann. Ich wollte auf einmal wissen, was vor meiner Zeit war. Nicht die Zeit meiner Großeltern, sondern viel früher und auch in anderen Ländern. Ich bin draufgekommen, dass ich nur so mein Heute verstehen kann. Siehst du, über alles das kann ich mit ihr reden, und es ist uns nie langweilig. Und Ihre Einrichtung, wie sie sich anzieht. Da ist nichts Protziges oder … Ich weiß nicht was. Es ist einfach alles nur so wohltuend, so

… harmonisch. Mir gefällt ihr Teegeschirr, die alte silberne Teekanne. Ach, was soll ich noch sagen.

Glaubst du wirklich, das alles schadet mir? Siehst du nicht, dass ich mich langsam und spät zu einem Menschen entwickle?"

Er sah, dass diese lange Rede für seine Mutter ein bisschen zu viel war, dass sie das nicht alles begreifen konnte.

„Aber ich möchte doch nur, dass du glücklich wirst, eine nette Frau, Kinder hast. So schade, dass es mit der Helga nichts geworden ist. Sie hat schon einen kleinen Buben."

„Mutter, ich war damals viel zu jung. Heut weiß ich, das das nicht gutgegangen wär."

Er nahm ihre Hand und tätschelte sie liebevoll.

„Aber damit du wieder ruhig schlafen kannst: Ich kenn ein Mädchen, mit der könnt es vielleicht etwas werden."

„Ist sie hübsch? Ist sie nett??"

„Na, einen schiachen Schragen werd ich mir ganz sicher nicht anlachen. Wärst du überhaupt eine gute Schwiegermutter?",
neckte er sie.

„Bleib jetzt ernst und erzähl mir: Wie lange kennst du sie schon?"

„Seit einem Jahr ungefähr. Aber die Geschichte hat einen Haken, eigentlich zwei."

„Hab ich mir doch gleich gedacht."

„Sie heißt Beate, ist 23 Jahre alt und macht die Hotelfachschule, wenn sie sie nicht schwänzt und unter irgendeinem Vorwand bei unserem Skiteam eine Beschäftigung sucht. Ich kann sie gut leiden, sie ist lustig und unkompliziert, so ein richtiger Kumpel."

„Hast du ein Bild von ihr?"

„Ich muss einmal nachschaun, ob ich eins find."

„Der Haken ist, dass sie dich nicht mag."

„Na, du hast ja eine schöne Meinung von mir. Natürlich mag sie mich. Wenn es nach ihr ging, ich könnt sie gleich haben, aber der Haken ist ihr Vater, der zwei Sägewerke und ein großes Hotel in Kitz hat und für seine einzige Tochter einen Mann möchte, der einmal den ganzen Krempel übernimmt. Komischerweise traut er mir das zu, ich wär ihm recht, aber ich müsste das Skifahren, so wie ich es jetzt betreibe, aufgeben und bei ihm arbeiten. Kannst du dir vorstellen, dass ich unter meinem Schwiegervater diene? Nach seiner Pfeife tanz? Und das müsst ich wohl, denn er ist ein überaus tüchtiger, agiler Endvierziger, ein Anschaffer. Wenn ich mit der Beate heut etwas ernsthaft anfang, wird er sofort verlangen, dass ich sie heirate. Und das ist der zweite Haken: dass ich sie nicht liebe. Gern haben, unter anderen Umständen mit ihr ins Bett gehen, aber nicht heiraten."

„Ich glaub schon bald, du kannst überhaupt nicht lieben."

„Da kannst du recht haben. – Aber vielleicht nehm ich sie doch, nur damit du zu deinen Enkelkindern kommst."

Da war er schon draußen und drückte die Tür von außen energisch zu.

Sie saßen wieder beim Tee. Sie hatte ihm verschwiegen, dass sie den „Kostbaren", wie er ihn nannte, nur für ihn zubereitete, weil ihr Vorrat sich schon bedenklich neigte. Was sie sonst nie tat, sie hatte ihren „Wohltäter" sogar gebeten, ihn ihr wieder zu besorgen, aber das ging sogar bei ihm nicht so schnell.

„Sie sehen heute wieder so besonders hübsch aus."

Er betrachtete sie wohlgefällig.

„Der Pullover und der Rock", er lachte, „nur zu lang ist der. Aber es ist hier einfach alles schön. Komisch, früher hab ich mir aus so etwas gar nichts gemacht. Ich hab es gar nicht gesehen."

„Das hier ist meine Welt, die muss ich mir doch so schön wie möglich gestalten. Wie soll ich das Leben denn sonst ertragen?"

Sie sahen einander an, und beide dachten dasselbe: War es nur Mitleid, das ihn immer wiederkommen ließ? Sie war davon überzeugt, er konnte es sich eigentlich nicht vorstellen. Er hatte nie etwas gegeben, ohne auch etwas dafür zu bekommen.

Natürlich hatte er Mitleid mit ihr, brennendes Mitleid, aber er spürte, dass er das jetzt nicht zeigen durfte.

„Sie dürfen sich hier nicht eingraben. Sie müssen unter die Leut", fuhr er sie fast grob an.

„Und wie stellen Sie sich das vor?"

Das wusste er natürlich auch nicht.

„Wenn ich mit meinem Rollstuhl in den Ort hineinfahre, was glauben Sie, wie die Leute schauen."

„Natürlich schauen sie, die Leut schauen immer. Man gewöhnt sich daran."

„Aber es ist ein Unterschied, ob einen die Leute anschauen, weil man ein berühmter Skifahrer ist oder … weil man im Rollstuhl sitzt."

Ja, dachte er, und wenn so eine Junge, Hübsche im Rollstuhl sitzt, dann gaffen sie umso mehr.

„Warum gehen Sie nicht in die Kirche? Wir haben einen sehr guten Pfarrer. Ich geh ja nicht so oft, bin auch nicht immer da, aber er predigt kurz und gut, und es gibt einem immer etwas."

„Es ist nicht so einfach. Zwar waren da doch immer zwei oder drei Männer, die mich die Stufen hinaufgetragen haben. Aber es ist mir so unangenehm."

„Da braucht's doch keine zwei Männer, um Sie hinaufzutragen", wehrte er verachtungsvoll ab. „Gehen Sie morgen in die 10-Uhr-Messe, und ich warte auf dem Kirchenplatz auf Sie. Und sagen Sie jetzt nicht wieder, was Sie mir für eine Mühe machen, es schadet mir wirklich nicht, wieder einmal am Sonntag in die Kirche zu gehen."

Den Heimweg legte er in schnellem Laufschritt zurück, aber er hatte so viel nachzudenken. Warum fuhr er nie mit dem Wagen zu ihr? Sollte sein eher unauffälliger schwarzer BMW – dass er einen Allradantrieb und alle nur möglichen technischen Feinheiten hatte, sah man ihm nicht an – nicht gesehen werden? Warum? Ihret- oder seinetwegen? Und warum holte er sie morgen nicht einfach ab, um sie zur Kirche zu bringen? Weil die Leute früher oder später reden würden? Die Leute reden immer. Wem wäre es unangenehm? Ihr? Ihm? Die Leute hätten die selbe Einstellung wie seine Mutter;

irgendwie machte dieser Gedanke ihn wütend, aber auch traurig. Wenn er mit ihr allein war, war alles so schön und unkompliziert, aber im Augenblick, wenn sich die Außenwelt einmischte … was? Als hätte man mir das Hirn herausgenommen. Ich versteh überhaupt nichts mehr. Das Denken überlasst den Pferden, die haben die größeren Köpfe, hat einmal einer gesagt. Schade, dass ich kein Pferd bin, dachte er grimmig.

Zu Hause zog er sich in seine Kraftkammer zurück und tobte sich so aus, dass er dann halbtot in sein Bett fiel.

Natürlich war er am nächsten Vormittag pünktlich vor der Kirche. Für sie war der Morgen sehr anstrengend gewesen mit dem für die Straße Anziehen, was in der kalten Jahreszeit noch mühsamer war mit dem dicken Mantel und den Stiefeln.

Zwei kräftige Männer wollten Georg helfen, aber mit einem geschickten Griff hatte er den Rollstuhl samt Inhalt in Sekunden die Stufen zur Kirche hinaufgetragen.

Am Ende der Messe wartete er wieder bei der Kirchentür, trug sie die Stufen hinunter und führte das Fahrzeug weiter, die Straße entlang. „Sie wissen schon, dass der Rollstuhl einen Motor hat, dass man ihn nicht schieben muss?", lachte sie.

„Ja", war alles, was er sagte. Ich bin schon ein sturer Hund, dachte er, aber er fühlte sich ungemein wohl bei diesem Gedanken. Irgendwie hatte er das Gefühl, etwas überschritten zu haben – eine Grenze? Ein Hindernis?

Vor ihrem Haus verabschiedeten sie sich. Es war wieder ein Abschied für längere Zeit, weil jetzt die Pausen zwischen den einzelnen Trainings immer seltener waren.

Er wartete, bis sie im Haus war und alle Türen geschlossen, dann erst ging er. Aber sie hatte das tröstliche Vertrauen darauf, dass, wenn er zurückkäme, es auch ein Zurückkommen zu ihr war.

Vor Lake Louise kam er nicht mehr nach Erbach, zumindest sah Annabel nichts von ihm. Sie wusste, wann die großen Tage waren mit Abfahrt und Super G (nur die schnellen Disziplinen sind etwas für mich!). Sie hatte alles so eingeteilt, dass nichts sie vom Fernsehen abhalten würde. Sie wollte alles sehen: die ganze lange Einleitung mit all den Kommentaren.

Ein paar Mal kam Georg Mader, die große Hoffnung der österreichischen Skifans, ins Bild, wie er an den Schuhen hantierte, seine Meinung über Vor- und Nachteile der Startnummern äußerte. Sollte die Sonne herauskommen, würde die Piste weicher und damit langsamer werden. Sie glaubte, entnehmen zu können, dass eine mittlere Startnummer am günstigsten war. Sein achter Platz war vielleicht nicht so schlecht.

Und dann die schier unerträgliche Spannung der letzten Minuten, Sekunden. Der Vorläufer hatte die Piste überschwänglich gelobt, dann das Rennen selbst, sieben Läufer, bekannte Athleten, die ausgezeichnete Leistungen erbrachten.

Jetzt: Annabel umklammerte die Griffe ihres Rollstuhls, hielt den Atem an. Unter dem aufmunternden Geschrei der Zuschauer entlang der Piste stürzte sich Georg Mader hinunter. Die Stimme des Fernsehsprechers überschlug sich förmlich: „Das ist Georg Mader in Hochform, so wie wir ihn kennen! Den Ersten nimmt ihm keiner mehr ab."

Dann ein Schrei. Die Gestalt, die das Ziel schon in Sicht hatte, stürzte auf den Rücken, krachte mit unvorstellbarer Wucht in den Fangzaun.

Annabel hörte nicht mehr, was der Sprecher hervorsprudelte – was da im Zaun lag, das konnte doch nicht der Mensch sein, den sie so gut kannte, der vor ein paar Tagen, vor Sekunden noch unbezwingbar schien.

Bevor Helfer in roten Anzügen mit dem Akja an der Unfallstelle erschienen, stand der Verunglückte wieder. Die Zuseherin vor dem Fernseher, der Sprecher, die vielen Menschen vor Ort – sie schienen alle den Atem angehalten zu haben und jetzt wieder Luft zu holen. Die Helfer, der Skifahrer wirkten wie ein Knäuel von Gestalten, die heftig zu diskutieren schienen. Es war für alle Zuschauer unfassbar, dass Georg Mader auf einmal die Ski wieder an den Füßen hatte und sich, langsam und wie es aussah, vorsichtig abwärtsbewegte.

„Ein Wunder! Wie der Arzt sagt, scheint er sich nichts gebrochen und auch sonst keine schwere Verletzung zugezogen zu haben. Jetzt ist er im Ziel, anders als wir es uns vorgestellt haben, aber ein Georg Mader sorgt immer für eine Sensation."

Jetzt erschien sein Bild groß auf dem Bildschirm, umgeben von Journalisten, Kameras, Betreuern. Das Gesicht wirkte so unbewegt, dass man sich wunderte, ihn reden zu hören.

„Ja, so einen Sturz, den spürt man in allen Knochen, die halten bei mir ja etwas aus. Warum? Weil der Kopf versagt hat. Nicht die Beine, die waren schon o.k."

„Lake Louise ist für Sie wirklich wie verhext. Warum kann es hier nie etwas für Sie werden?"

„Abergläubisch bin ich nicht. Und es wird noch ein paar Mal Lake Louise für mich geben. Einmal werde ich's derpacken."

Das Weitere hörte Annabel nicht mehr. Was ein paar andere Skiläufer, der Trainer sagten, wie das Rennen nach der Unterbrechung, in der der Fangzaun repariert wurde, weiterging, interessierte sie nicht mehr. Sie drehte den Fernseher ab, holte sich ein Glas Wasser.

Wie wenig sie ihn kannte. Würde er, wenn er jetzt allein wäre, Teller an die Wand werfen, irgendetwas zerschlagen? Toben? Fluchen?

Das unbewegte Gesicht war eine Fassade, das war ihr schon klar. Sein brennender Ehrgeiz, sein unbedingter Siegerwille, wie ertrugen die sein Versagen? Ob er ihr sagen konnte, was er allen anderen verschwieg? Sie hätte es gern gewusst, aber gleichzeitig fürchtete sie sich davor.

Wie es jetzt weiterging? Das nächste Rennen, sein geliebter Super G, seine Königsdisziplin, wie er es nannte, kam wohl nicht in Frage, zumindest die Ärzte würden es ihm nicht erlauben. Was für ein Glück! Aber, wenn es nicht dieser Super G war, es gab immer wieder ein Rennen. Wenige Minuten nur, aber die so voll Angst und Anspannung für sie, voll unvorstellbarer Gefahr für ihn. Nicht gerade der Tod – er hatte ja gesagt, das wäre sehr selten –, aber so schwere Verletzungen, die ihm das Skifahren unmöglich machen würden. Was würde aus ihm werden? Könnte er es ertragen? Und wenn er gar zum Krüppel würde? Sie erinnerte sich dunkel an einen – ausländischen? – Skifahrer, der den Rennen im Rollstuhl zusah.

Georg im Rollstuhl! Was für sie schon so unsagbar schwer gewesen war, für ihn war es ausgeschlossen. Bei all seiner Kraft, seinem starken Willen – dem konnte er nichts entgegensetzen. Was für ein Leben! Wie konnte man so ein Leben führen wollen! Aber er hatte es von Kindheit an so gewollt, nichts anderes war für ihn infrage gekommen. Es musste alles so sein und nicht anders.

Am Nachmittag kam ihr dann plötzlich der Gedanke an seine Mutter. Wenn sie selbst schon so geschockt war, sich solche Sorgen machte, wie erging es dann erst seiner Mutter? Ohne lang zu überlegen wählte sie die Telefonnummer, die Georg ihr einmal gegeben hatte (für den Notfall und weil die Maders aus guten Gründen nicht im Telefonbuch standen). Eine etwas atemlose und wie ihr schien abweisende Stimme meldete sich nur mit: „Hallo?"

„Hier Annabel Julian. Bitte, Frau Mader, entschuldigen Sie die Störung, aber könnten Sie mir sagen, wie es Ihrem Sohn geht? Was die Ärzte sagen. Ihnen hat man sicher alles genau erklärt."

Ein paar Sekunden, die Annabel sehr lang vorkamen, herrschte Stille. Ob er der Mutter nie von ihr erzählt hatte? Sagte ihr der Name nichts? Oder fand sie den Anruf – sicher einer von unzähligen teilnehmenden, neugierigen – als aufdringlich?

„Ja, er hat mich dann auch bald angerufen. Er sagt, er fühlt sich wie nach einer schweren Prügelei, nur dass er noch nie eine gehabt hat. Er wird jetzt noch ganz genau durchgecheckt, wie das heute heißt, aber die Ärzte haben auf jeden Fall für die nächsten Tage absolute Schonung verlangt, und er ist doch so weit vernünftig, dass er das einsieht. Er will ja recht schnell wieder der Alte sein. Kanada ist abgeschlossen, er wird bald einmal zurückkommen."

„Es muss furchtbar für Sie gewesen sein, Frau Mader."

Pause.

„So etwas und Ärgeres habe ich schon so oft mitgemacht."

Ein Seufzer,

„Ich kann ja nicht sagen, dass man sich daran gewöhnt, aber die ersten Male waren noch schlimmer. Die Angst, wenn er da hinunterraste und wenn er stürzte..... Heute hab ich wenigstens ein gewisses Vertrauen – in ihn und in den lieben Herrgott."

„Ja, wirklich?"

Weil sie das Gefühl hatte, das Gespräch schon zu lange ausgedehnt zu haben, bedankte sie sich für die Auskünfte und verabschiedete sich.

Sie spielte Klavier, als es am Gartentor läutete. Ein Blick durch das Fenster bestätigte ihre Hoffnung: Er war es! Im Vorraum streckte sie ihm beide Hände entgegen, die er lange drückte.

„Dass Ihnen nichts Schlimmeres geschehen ist!"

„Sie haben Angst gehabt", stellte er mit einer gewissen Befriedigung fest.

„Ja, was glauben Sie denn!", sagte sie empört. „Und was für eine Angst! Genau so wie die Tausenden oder ich weiß nicht wie vielen Zuschauer dort in Kanada und an den Fernsehern."

Irgendwie hatte sie das Gefühl, dass ihn das nicht so richtig freute.

„Mögen Sie Tee?"

„Später gern, aber jetzt wär mir lieber, Sie spielen etwas."

„Gut, etwas, was Sie bei mir noch nie gehört haben."

Sie spielte, und sah ihn dann erwartungsvoll an.

„Sehr schön, aber es ist kein Bach."

„Erstaunlich, dass Sie das sofort erkannt haben. Es ist Händel, Georg Friedrich Händel, ein ungefährer Zeitgenosse."

„Schön, aber Bach ist mir lieber."

„Sie kennen wahrscheinlich seine großen Orchesterwerke nicht, da gibt es ganz ganz Herrliches."

Beim Teetrinken fragte sie ihn dann doch nach dem Rennen in Lake Louise.

„Verunglückt im wahrsten Sinn des Wortes. Ich war so überzeugt von mir, so sicher. Vielleicht z u sicher. Aber es hat keinen Sinn, wenn ich jetzt versuche, Ihnen zu erklären, wieso das geschehen ist."

„Als ich Ihr Gesicht unten am Ziel gesehen habe, da konnte ich mir überhaupt nicht vorstellen, was in Ihnen vorgeht, so verschlossen war es. Was wollten Sie der Welt nicht zeigen? Wut und Enttäuschung? Selbstvorwürfe? Oder doch die Erleichterung, dass es so glimpflich abgegangen ist?"

„Von allem etwas. Aber in diesen Minuten schon der Gedanke: Es kommt das ‚Hahnenkammrennen'. Und ich freute mich so darauf, dass alles andere nicht zählte."

Das war so jenseits ihrer Vorstellungskraft, dass sie nichts mehr dazu sagte.

Eine Weile später sagte er dann doch noch:

„Wissen Sie, siegen und sich darüber freuen – über die eigene Leistung, das Lob und die Bewunderung der Menschen –, das kann jeder, das ist leicht. Aber eine Niederlage anerkennen als das, was sie ist, seinen Frust nicht an irgendetwas oder irgendjemand auslassen, auch letzten Endes den Mut nicht verlieren und die Freud am Beruf, sondern wissen, dass man mit aller Kraft weitermachen wird, das ist schwer. So ist eine Niederlage eigentlich das Wertvollere, weil es einen weiterbringt. Ich glaub, Sie verstehen mich."

Natürlich verstand sie ihn. Sie verstanden einander immer. Denn das war das Besondere, das Befriedigende ihrer Freundschaft.

Beim Abschied sagte er dann noch:

„Meine Mutter hat sich irgendwie über Ihren Anruf gefreut. Sie sagt, Sie haben so eine liebe Stimme."

„Was Ihnen natürlich noch nie aufgefallen ist", lachte sie.

„Ich habe ja noch nie mit Ihnen telefoniert."

Womit er wieder das letzte Wort hatte.

Es kam das Hahnenkammrennen, die größte Herausforderung für alle, denn es konnte das schwerste Rennen der Welt sein. Von den leidenschaftlichen Rennläufern ersehnt, von den Angehörigen gefürchtet.

Auch Annabel wusste schon aus Georg Maders begeisterten Erzählungen, was sie erwartete: dass der Mann, den sie inzwischen so gut kannte, um einen Sieg kämpfen würde mit allem, wozu er fähig war, ohne das geringste Bedenken, ohne Rücksicht auf sich und seinen Körper im Wettstreit mit anderen, die genau so dachten wie er.

Sie alle würden die mehr als 3.000 Meter in unglaublichen, nicht einmal zwei Minuten hinunterrasen, von brutalen Schlägen der Bodenwellen geplagt, mit Sprüngen bis zu 70 Metern weit herausgefordert. Für Annabel bedeutete Streif, Hahnenkamm, Kitzbühel würgende Angst, für Zehntausende Besucher, Prominente aus allen Bereichen des öffentlichen Lebens, für jeden, der sich für den Skisport begeisterte oder aus geschäftlichen, beruflichen Gründen dabei sein wollte und dieses Wochenende in Kitz ermöglichen konnte, nicht nur die Spannung der Rennen, sondern auch eine Folge von mehr oder weniger glamourösen Partys und Empfängen, Gelagen, die man in und um Kitzbühel veranstaltete.

Wie Georg ihr scharfsinnig erklärte, war dieses Ereignis eine perfekte Symbiose zwischen Wirtschaft und Sport, etwas, was Tausenden Arbeitsplätze verschaffte.

„Was glauben Sie, was allein die Werbebranche daran verdient", er lachte, „ich muss es ja wissen."

Kurz davor tauchte er noch einmal bei Annabel auf, um Kleinholz zu hacken und einen Vorrat für den Kamin heraufzuschaffen. Er war so guter Dinge, so lebhaft und gesprächig wie selten. So fasste sich Annabel ein Herz, um ihm eine Frage zu stellen, die sie immer wieder hinausgeschoben hatte.

„Georg, ich möchte Sie heute etwas fragen, um etwas bitten, einen Vorschlag machen, von dem ich weiß, dass er eine Zumutung ist, und ich kann es gut verstehen, wenn Sie ablehnen und bin überhaupt nicht böse."

Seine Augen in dem todernsten Gesicht funkelten.

„Lassen Sie mich raten: Sie wollen, dass ich Ihnen den Mond herunterhol."

Von seinen eigenen Worten entzückt, brach er in lautes Gelächter aus. Sie lachte nicht ganz so herzlich mit.

„Viel ärger…, ja also, mein ‚Wohltäter', Sie wissen schon, hat angekündigt, dass er dieses Jahr mit seiner Frau und den Kindern Silvester hier bei mir feiern möchte. Das ist ganz lieb, aber sicher, vor allem für die Kinder, den 17-jährigen Max und die 15-jährige Gabriele, ein riesengroßes Opfer, und ich möchte nicht wissen, wie die Eltern die Kinder dazu gebracht haben, auf andere, sicher tolle Partys zu verzichten.

Da habe ich mir gedacht, wenn ich ihnen einen Überraschungsgast versprechen könnte, würde das ganz sicher den Abend retten, wenn der Gast nämlich Sie wären. Aber Sie haben sicher schon etwas vor."

Er lachte wieder.

„Also, in meinem ganzen Leben ist mir noch nie eine so einfache Frage so umständlich gestellt worden. Im Prinzip helf ich Ihnen ja gern. Meine Verabredung für den Abend kann ich ganz leicht absagen, mir liegt überhaupt nichts dran.

Es ist anzunehmen, dass die Kinder es spannend finden, einen Abend mit dem großen Skihelden – trotz Lake Louise – zu verbringen. Sofern sie sich fürs Skifahren interessieren, aber damit kann man bei jungen Österreichern fast rechnen. Nur der „Wohltäter" und seine Frau, das sind sicher nicht nur reiche, sondern auch gebildete, feine Leute. Ob die einen Abend mit einem Bauern, wie ich es bin, verbringen wollen?"

„Sie machen mir wirklich eine Riesenfreude! Und um Ihre Bedenken zu zerstreuen: Die Jungen kann man vergessen, die werden begeistert sein, das ist bombensicher. Der Mann, den wir immer den „Wohltäter" genannt haben – Sie haben nie gefragt, wer er wäre, und ich war Ihnen dankbar, denn Ing. Petrik will seine guten Taten absolut im Verborgenen …"

Georg Mader stieß einen lauten Ruf der Überraschung aus.

„D e r Petrik? Der Erfinder dieses Super-Getränks, der Wunderwaffe gegen Müdigkeit und Frust? Jetzt versteh ich viel. Aber, dass der so großzügig, so … gütig ist, hätt ich nicht gedacht. Von so jemand erwartet man eher, dass er ein kalter Rechner ist, der auf seinen Geldsäcken sitzt."

„Davon ist er weit entfernt. Ich glaube, dass er nicht nur mir, sondern auch anderen Menschen hilft. Immer ganz geheim. Seine Frau, die ihn da voll unterstützt, was ja auch wieder ein Wunder ist, hat mir einmal gesagt, anderen zu helfen wäre einfach seine größte Freude. Aber wenn das bekannt würde, womöglich die Medien davon erführen, wäre es ihm grässlich. Ich glaube, er hat das Gutsein schon bei der Geburt mitbekommen. Sie brauchen jetzt nicht zu fürchten, dass es ein langweiliger Abend wird mit ernsten, ,besinnlichen' Gesprächen. Hans Petrik kann so unterhaltsam sein, und seine Frau ist überhaupt eine, die über alles und jedes lachen möchte."

„Sie schildern mir diese Leute und was von dem Abend zu erwarten ist, dass es mir schon unheimlich wird."

„Ich glaube nicht, dass Sie es bereuen werden. Für Essen und Getränke sorgen überdies die Petriks, und ich bin überzeugt, dass das alles vom Besten sein wird."

Irgendwie hatte er das Gefühl, dass das noch nicht alles war, nur fragen wollte er nicht.

„Ja und", begann sie stockend, „zu Weihnachten kommt mein Mann, mein Ex-Mann hierher."

„Was!?", ihm fiel beinahe die Teetasse aus der Hand. „Ich dachte, er kommt nie her."

„Tut er auch nicht. Aber diesmal wollte er unbedingt den Heiligen Abend hier verbringen. Ich habe versucht, es ihm auszureden, aber das ist bei ihm hoffnungslos, wenn er sich einmal etwas in den Kopf gesetzt hat. Er wäre auch gegen meinen Willen gekommen. Und dann: Ich habe immer das Gefühl, ihm etwas schuldig zu sein."

„Sie ihm! Was sollten Sie ihm schuldig sein! Sie haben sich doch nur scheiden lassen, um sein Leben zu erleichtern."

„Ganz so ist es nicht. Es war ja auch, weil ich es nicht ertragen hätte, das Leben, das mir bevorstand. So wird er am 24. gegen Abend kommen, mit mir in die Christmette gehen und dann am nächsten Tag wieder fahren."

Zwei Tage vor dem großen Rennen konnte Annabel schon kaum mehr essen, am Renntag selber brachte sie keinen Bissen hinunter. Wieder die ganze Routine dieses Ereignisses, der Countdown mit Rückblicken, Interviews, Kommentaren. Sie wollte alles ganz genau mitverfolgen, nur so konnte sie ihn und seinen Beruf begreifen lernen. Beruhigend wirkten diese Einleitungen sicher nicht. Waren ihr mittlerweile Worte wie Hausbergkante, Lärchenschuss ein Begriff geworden, die Schilderung des Vorläufers, dass der Rennläufer an dieser oder jener Stelle nicht sehen konnte, wo es hingeht, aber mit bis zu 140 km/h gnadenlos ans Limit gehen würde, das war für sie vollkommen unvorstellbar.

„Ja, ein bisschen irre sind wir, die da mitmachen, schon, aber mir taugt's", hatte Georg einmal lachend gestanden. Kein Grund für sie, da etwas komisch zu finden.

Noch hatte sie sich nicht daran gewöhnt, Georg Mader auf dem Bildschirm zu sehen. Es war, als wäre das ein anderer Mann als der, für den sie Klavier spielte, mit dem sie Tee trank, der das Kaminfeuer versorgte, mit ihr endlose Gespräche führte. Der war es aber dann doch, für den sie zitterte und den Atem anhielt und bei dessen überragendem Sieg vor Freude schluchzte.

Das war diesmal eine ganz andere Stimmung im Zielraum. Die Begeisterung, der Jubel kannten keine Grenzen. In einem gewissen Gegensatz wirkte dagegen der Held selber. Man sah ihm die Freude an dem Sieg an, aber seine Antworten zeigten eine Gelassenheit, ein ruhiges Selbstbewusstsein, das ihm manche als Überheblichkeit auslegen konnten.

Es folgten die nächsten Rennen mit ersten und zweiten Plätzen, die österreichische Skination stand kopf. Georg Mader und seine Superleistungen brachten es sogar auf die Titelseite mancher Zeitung. Der Landeshauptmann gratulierte, die Sportmanager, die Sponsoren, die Versicherung, deren größter Werbeträger er war. Es wurden Interviews gefordert und gegeben – es war fast unvorstellbar, dass ein Einzelner das alles bewältigen konnte. Gut, dass Weihnachten kam, eine Pause, bevor das Jagen und Hetzen, die Vorbereitungen auf die Rennen, die Rennen selbst, wieder begannen.

Am Vormittag des 24. rief Georg Mader bei Annabel an und fragte, ob es ihr recht wäre, wenn er jetzt käme und seine Mutter mitbrächte.

Annabel wunderte sich, dass sie eigentlich nie über Marianne Mader nachgedacht hatte. Es war einfach seine Mutter, die ihn unter Mühen aufgezogen hatte, die in einem Supermarkt arbeitete und mit der ihn so viel herzliche Liebe und Einverständnis verband, dass er mit seinen 33 Jahren noch bei ihr wohnte. Aber was war sie für ein Mensch? Würden sie einander mögen?

Das waren alles keine Fragen, die eine Antwort brauchten, als ihre Besucher hier waren. Georg trug in einem Arm das versprochene hübsche Christbäumchen und im anderen eine prachtvolle Azalee, deren unzählige Blütenknospen noch eine lange Blütezeit versprachen.

Seine Mutter brachte einen großen Teller, auf dem sich ein ganz besonderer Weihnachtskuchen befinden sollte. Annabel hatte für Georg CDs mit dem Bach'schen Weihnachtsoratorium und dem Ressurezione von Händel besorgt, von denen sie überzeugt war, damit das Richtige getroffen zu haben.

Man ging in die Küche, man suchte gemeinsam für Christbäumchen und Azalee die besten Plätze, trank süßen Sherry und kostete von den Bäckereien, die Annabel hergestellt hatte. Obwohl sie es nicht sagte, merkte man der Mutter das Erstaunen darüber an, dass eine Gelähmte Weihnachtsbäckerei machen konnte. Annabel erklärte, wie das möglich war und nur eine genaue Liste aller Dinge, die man ihr erreichbar machen musste, nötig sei. Alles andere war dann ganz einfach.

Es war eine sehr gemütliche Stunde, die nicht zu sehr ausgedehnt werden durfte, weil jeder noch so viel zu tun hatte. Nur etwas auf dem Klavier musste sie noch spielen – etwas Kleines nur –, und so spielte sie zwei alte englische Weihnachtslieder, die sie besonders liebte und ihre Besucher noch nie gehört hatten.

Ganz anders war es mit ihrem nächsten Besucher. Dr. Julian Julian, ein Name, für den er seinen Eltern sehr dankbar war, weil er ihn einmalig witzig und auch sehr praktisch fand, war ein gut mittelgroßer, sehr schlanker Mann, dessen dunkles Haar über der Stirn schon etwas zurückwich. Er sah auf eine interessante Art gut aus. Annabel verstand auch heute, dass ihr dieser Mann von Anfang an gefallen hatte. Scharf im Denken, in der Formulierung kompromisslos, aber auch durchaus charmant, wenn er es darauf anlegte.

Es war eine ausgezeichnete, von allen als solche anerkannte Verbindung gewesen. Er liebte sie als die liebenswürdige, attraktive Frau, die ihm eine Partnerin war, wie er sie brauchte, intelligent, gebildet, die in der Gesellschaft eine gute Figur machte, aber doch seine Führungsrolle anerkannte. Das wieder schätzte sie wie viele andere Dinge an ihm, sodass sie sich ihm bedingungslos anvertrauen konnte.

Aber jetzt war sie erstaunt, wie fremd sie einander gegenüberstanden. Es waren doch nur zwei Jahre seit ihrer Trennung vergangen, ebenso lange wie sie vorher miteinander gelebt hatten. Ganz selbstverständlich küsste er sie, erklärte, dass sie sich überhaupt nicht verändert hätte, erkundigte sich, wie ihr Leben verlaufe.

„Dieses Kleid kenne ich. Es hat mir immer gut gefallen, diese Farbe steht dir."

Er betrachtete sie mit einer Besitzermiene, die sie störte.

„Ich habe alle meine alten Sachen behalten. Wozu sollte ich mir hier etwas Neues kaufen", sagte sie abweisend.

Es sollte ein frühes Abendessen geben mit einem Fischgericht, das er immer sehr geschätzt hatte. Wieder störte es sie, mit welcher Selbstverständlichkeit er sich in ihrem Haus bewegte, seine Reisetasche in das kleine Gästezimmer trug, seine Toilettensachen im Badezimmer ausbreitete. Er blätterte in den Schriften auf ihrem Schreibtisch, las in dem von ihr Geschriebenen, ohne einen Kommentar abzugeben. ‚Er tut, als hätte er ein Recht, hier zu sein, als gehöre er hierher, und das tut er nicht. Man könnte glauben, er will hierbleiben.‘ Die Harmonie, die sie so schätzte, war empfindlich gestört, sie wäre viel lieber allein geblieben.

Er machte sich in der Küche zu schaffen, öffnete die Weinflasche, die er mitgebracht hatte, legte die exquisiten Dessertstücke von Dehmel auf einen entsprechenden Teller. Während des Essens unterhielten sie sich über Politik und was sich in der Welt gerade ereignete. Er fragte sie nach ihren Plänen für Silvester und war sehr interessiert, als sie ihm sagte, die Petriks würden mit ihr feiern.

„Das ist schön für dich. Dieser Petrik ist wirklich ein toller Mann. Sein Erfolg ist einmalig. Und was er für dich getan hat, ebenso. Einmal habe ich ihn ja getroffen, bald nach dem Unfall. Ein sympathischer Mann. Silvester mit ihm und seiner Familie, das ist schon was."

Sie sah seinem nachdenklichen Blick an, dass er überlegte, ob er nicht hierbleiben und sich der Gesellschaft anschließen sollte, und geriet beinahe in Panik. Nur das nicht! Nicht auszudenken, was aus dem von ihr so freudig erwarteten Abend werden würde. Eine Katastrophe!

„Es ist alles schon ganz fest geplant. Die Petriks sind die eigentlichen Gastgeber, sie bringen alles mit."

Dass er sich ungebeten sozusagen aufdrängen könnte, das verbot ihm der Anstand, seine gute Erziehung. Annabel konnte wieder frei atmen.

Schließlich zündeten sie gemeinsam die Kerzen an dem kleinen Christbaum an, von dem sie wusste, dass er nicht seinem Geschmack entsprach, ohne dass er es aussprach. Sie hatte für ihn eine

Neuerscheinung auf dem Büchermarkt bestellt und mit der Post zugestellt bekommen, die ihn sicher freuen würde. Er überreichte ihr einigermaßen stolz ein kleines Ölbild, eine Flusslandschaft.

„Das haben wir gemeinsam in einem Antiquitätengeschäft in der Stadt entdeckt. Du hast dich sofort in das Bild verliebt, erinnerst du dich? Du sollst es auch hier um dich haben, es passt gut hierher. Wir werden den richtigen Platz dafür finden."

Annabel schämte sich. Es war ein so liebevolles Geschenk, das Erinnerungen wachrief, Gefühle, die ihr die Tränen in die Augen steigen ließen. Und sie hatte seine Anwesenheit als störend empfunden!

Julian bemerkte die Tränen sofort. Er nahm sie in die Arme, und weil das im Rollstuhl schwer ging, hob er sie einfach heraus, setzte sich mit ihr auf dem Schoß auf das Sofa. Sie sträubte sich zuerst, sah aber ein, dass es sinnlos war.

„Meine Annabel, meine schöne, geliebte Annabel, wie habe ich dich vermisst."

„Julian! Was soll das! Wir sind seit fast zwei Jahren geschieden, leben seitdem getrennt."

„Du weißt genau, dass ich das nie wollte. Wie habe ich dagegen gekämpft."

„Aber es hat sich doch nichts geändert, ich bin immer noch ein an den Rollstuhl gefesselter Krüppel. Was du vielleicht vermisst, ist eine gesunde, lebendige Frau – das bin ich nicht mehr. Lieber Gott, lass uns das doch nicht alles noch einmal durchmachen. Du lebst in einem Wahn, wenn du glaubst, ich könnte je wieder zu dir zurückkehren. Sag nicht, dass du in den zwei Jahren keine andere Frau gefunden hast. Das glaube ich dir nicht."

„Natürlich gab es Frauen. Aber keine, die dich hätte ersetzen können."

Das war es. Für ihn war sie eben die beste, und mit weniger gab er sich nicht zufrieden.

„Julian, was mutest du mir zu? Wenn ich dieses stille, gesicherte Leben hier..."

„Das ist doch kein Leben für dich, hier in der Einöde, ohne kulturelle Ereignisse, ohne die gute Gesellschaft, dieses eintönige Dahinvegetieren", unterbrach er sie heftig.

„Und trotzdem fühle ich mich in meinem Zustand hier wohl. Das Leben, das du meinst, erschreckt mich, dem bin ich nicht gewachsen."

„Ich habe mir alles überlegt – es gibt für alles eine Lösung, glaube mir."

Leidenschaftlich begann er sie zu küssen, ihren Mund, ihren Hals, bedeckte immer wieder ihr Gesicht mit Küssen. Sie wehrte sich, so gut sie konnte, aber es half ihr nicht viel. Er wurde stürmisch, es konnte doch nicht sein, dass er …

„Julian, wir sind geschieden", keuchte sie.

„Nicht vor der Kirche. Und ich habe mich erkundigt, es gibt auch dafür eine Lösung, Möglichkeiten."

Annabel schrie auf.

„Wenn du das jetzt tust, ist es eine Schändung, für die dich Gott strafen und ich dich aus tiefster Seele hassen werde."

Die Verzweiflung in ihrer Stimme brachte ihn zur Besinnung, er hörte auf, sie zu bedrängen. Sie schluchzte laut, weinte, als könnte sie nie mehr aufhören.

„Bitte Annabel, bitte", versuchte er sie zu beruhigen. Er hob sie auf, setzte sie wieder in den Rollstuhl.

„Wenn die Christmette, wie du sagst, um elf Uhr beginnt, müssen wir uns fertig machen."

„Ich kann jetzt nicht", weinte sie.

„Doch, du kannst. Es wird dir guttun."

Ob er sich von dem Kirchenbesuch irgendetwas versprach? Er versuchte, ihr zu helfen, so gut es ging, hob sie trotz ihres Widerspruches in den anderen Rollstuhl.

Draußen war eine ruhige, durch den leichten Schnee, der alles bedeckte, gedämpfte Nacht. Viele Menschen strebten zur Kirche, für den Rollstuhl war es durch den Schnee kein leichtes Fortkommen. Allein hätte Annabel es nicht geschafft. Sie war froh, als sie die

Kirche und mithilfe von zwei Burschen das Kircheninnere erreicht hatte.

Trotz des Halbdunkels hatte Georg Mader, der mit seiner Mutter in der Mitte einer Bankreihe saß, auf den ersten Blick Annabels verstörten Gesichtsausdruck bemerkt und dass sie geweint haben musste. Unwillkürlich ballte er die Fäuste, und eine Bewegung ging durch seinen Körper, als wollte er aufstehen. Seine Mutter packte mit festem Griff seinen Arm und flüsterte ihm so leise, dass die daneben Sitzenden es nicht verstehen konnten, ins Ohr:
„Du kannst nichts machen. Du hast kein Recht dazu. Willst du einen Skandal hier in der Kirche? Denk an s i e !"
Er fügte sich, aber während des ganzen Gottesdienstes zog es seinen Blick immer wieder auf die unglückliche Gestalt im Rollstuhl und den Mann, der mit verschlossenem, hochmütigem Gesicht hinter ihr stand. Dass sie nicht die Kommunion empfangen wollte, erbitterte ihn zusätzlich. Was mag an dem Abend vorgefallen sein?

Zu Hause angekommen, bat Annabel ihren geschiedenen Mann abzureisen.
„Ich möchte dich diese Nacht nicht im Haus haben", sagte sie ruhig und entschieden.
„Du verlangst von mir, dass ich jetzt in der Nacht von Tirol nach Wien fahre?", fuhr er auf.
„Nein, das nicht. Du wirst sicher unterwegs ein Hotel finden, das dich für eine Nacht aufnehmen kann."
Nach einem eher halbherzigen Versuch, sie noch einmal zu küssen, packte er seine Sachen zusammen und verließ mit einem kurzen, frostigen Abschied das Haus.

Am nächsten Vormittag, sie war erst spät zur Ruhe gekommen und entsprechend spät aufgestanden, erschien ihr der gestrige Abend wie ein böser Traum. Sie wollte sich bemühen, nicht an ihn zu denken und ihr gewohntes Leben wieder aufzunehmen.

Georg Mader aber war am frühen Christmorgen leise aus dem Haus geschlichen und zu Annabels Haus gelaufen. Morgensport, wie er sich einredete. Mit tiefer Befriedigung hatte er festgestellt, dass der dunkelblaue Jaguar, den er am Abend vor dem Haus beobachtet hatte, nicht mehr dort stand.

Aus ihm nicht erklärlichem Grund ließ er vier Tage verstreichen, ehe er wieder bei Annabel erschien. Sie empfing ihn wie immer, er konnte nichts entdecken, was für eine Veränderung sprach. Nicht entgingen seinem scharfen Blick aber die tief herabgebrannten Kerzen auf dem Bäumchen und das neue Bild.

„Das Weihnachtsgeschenk meines ehemaligen Mannes", das saloppe ‚mein Ex' wäre ihr nie über die Lippen gekommen.

„Es ist früher in unserer Diele gehangen, ich habe es immer sehr gern gehabt."

Er betrachtete es sehr eingehend und bemerkte, dass er das gut verstehen könne.

Es folgte das übliche Ritual des Kaminfeueranzündens und Teetrinkens, aber es war doch nicht so wie sonst. ‚Etwas hat die Harmonie in diesem Raum gestört. Zerstört für immer?', dachte Annabel unglücklich.

„Können Sie singen?", fragte sie plötzlich.

„Singen? Wie meinen Sie das?"

„Nun, ob Sie einer Melodie folgen können, vielleicht sogar Noten lesen?"

„Wenn Sie meinen, dass ich nicht falsch singe, dann ja. Und ich hab, als ich jünger war, sogar eine Zeit im Kirchenchor gesungen", sagte er nicht ohne Stolz. „Bariton. Aber eher hell."

„Also mehr Sopran?"

Er sah sie misstrauisch an, dann verstand er den Scherz und lachte. Sie brachte ihn mit dummen kleinen Bemerkungen gern zum Lachen, weil er dann mit seinen schönen, kräftigen Zähnen so unglaublich gut aussah.

51

Zuerst spielte sie ein paar Takte, dann erkannte er das Lied und sang „Am Brunnen vor dem Tore" zuerst eher unsicher, dann aber mit Freude mit. Sie schlug die Noten auf und zeigte ihm den Text der nächsten Strophen. Die sang sie mit und war erfreut, wie hübsch ihre Stimmen zusammen klangen.

„Meine Mutter hat recht, Sie haben eine liebe Stimme. Nicht nur am Telefon", lachte er.

Sie erklärte ihm, wie große Komponisten wie Schubert, Mozart schöne alte Volkslieder zu Kunstliedern bearbeitet hatten, brachte Beispiele. Sie verglichen, probierten dies und jenes. „Aber ‚Am Brunnen vor dem Tore" ist mir als Volkslied fast noch lieber", meinte er. „Es ist so gemütvoll."

„Sie haben es schon mit dem Gemütvollen. Bei meinen Klavierstücken ist es auch so. Weil Sie selbst so gefühlvoll sind."

„Ich? Das hat mir noch keiner gesagt", war er erstaunt. „An so etwas hab ich auch einfach nie gedacht. Vielleicht hab ich mir keine Zeit dafür genommen."

Sie blätterten in dem Volksliederalbum, gerieten über das „Ännchen von Tharau" und seinen Hintergrund in Entzücken. „Aber jetzt, jetzt werden Sie staunen."

Sie nahm einen anderen Band zur Hand, suchte, schlug eine Seite auf und spielte Bachs „Willst du dein Herz mir schenken", sang dazu mit ihrer kleinen, aber reinen Stimme.

„Da geht einem das Herz auf, da .... Oh, ich weiß nicht, was", sagte er mit belegter Stimme. „Worte und Musik, wie die zusammenpassen, keines könnte schöner sein. Was Sie alles können und wissen."

Er sah sie so voll Bewunderung an, dass sie rot wurde. Dann las er den Text ein paar Mal, denn beim Mitsingen musste er sich voll auf die Noten, die ihm sehr schwierig waren, konzentrieren. Beim zweiten und dritten Mal fanden sie, dass es schon sehr gut ging und waren auf ihre eigene Leistung ungeheuer stolz.

Auch am nächsten Tag kam er wieder und wollte unbedingt den Bach, der ihm, wie er sagte, nicht mehr aus dem Kopf ging, üben.

‚Die Harmonie ist wieder da. Noch stärker als früher', dachte sie zufrieden.

Schließlich kam der Silvestertag. Annabel hatte kaum Vorbereitungen zu treffen, weil sie wusste, die Petriks, umsichtig wie sie waren, würden für alles sorgen. Georg kam nur, um genügend Holz für einen langen Abend heraufzuschaffen und ging mit dem Auftrag, sich für dieses Ereignis entsprechend anzuziehen. Die Petriks wollten, dass es in allem und jedem großartig sein sollte, und hatten abendliche Kleidung vorgeschrieben.
„Georg, ich möchte, dass Sie erst kommen, wenn meine Gäste schon da sind, der erste Rummel, das Ausladen, Wegräumen usw. vorbei ist. Sie sollen auf den Überraschungsgast schon zum Zerreißen gespannt sein. Umso wirkungsvoller ist dann Ihr Auftritt."
Er sah ein wenig ungewiss drein, versprach aber sein Bestes zu geben.

Familie Petrik kam in einem riesigen Voyager, der wirklich mit Schachteln, Säcken, Boxen beladen war. Alle vier trugen die Sachen unter Anleitung der Eltern in die Küche, auf die Terrasse. Wie Annabel erwartet hatte, zeigte sich, dass nichts fehlen würde für einen üppigen Festabend.
„Und der Überraschungsgast? Verraten Sie uns noch immer nichts, Frau Doktor?", fragten Max und Gabriele fast einstimmig. Die Anrede mit ihrem Titel war Annabel unter diesen Umständen irgendwie unangenehm, aber sie wusste nicht, was sie den artigen jungen Leuten vorschlagen sollte, ohne ein Aufheben davon zu machen.
Dann läutete es, Annabel öffnete die Türen, und ein strahlender, gut aussehender junger Mann trat herein.
Der Erfolg übertraf alle ihre Erwartungen.
„Der Georg Mader!!", ein vierstimmiger Aufschrei.
„Das glaubt mir in meiner Klasse doch keiner", jammerte Gabriele.
„Mir auch nicht", das war Max.

Es folgte so ein Durcheinander, dass nur mit Mühe ein halbwegs vernünftiges Einandervorstellen zustande kam, was ja teilweise auch überflüssig war.

Annabel platzte fast vor Stolz. Dass das ein überaus gelungener Abend sein würde, das stand fest. Die Stimmung war jetzt schon großartig. Aber, dass Georg Mader die ihm gezeigte Begeisterung, Bewunderung so fröhlich lachend, aber gelassen über sich ergehen ließ, erstaunte sie doch. Da war keine Spur von Verlegenheit, aber auch keine Eitelkeit. Er benahm sich so natürlich, wie wenn er mit ihr allein war. Aber das war er ja schließlich gewohnt, seit er ein Idol der Skiwelt geworden war. Umso erstaunlicher, das ihn das nicht verdorben hatte.

„So, Schluss jetzt mit lustig, jetzt wird es ernst", und auf den empörten Aufschrei von Frau und Kindern:

„Max, hol den Champagner aus der Kühlbox auf der Terrasse. Emma, ich hoffe, du weißt, wo du die Gläser hingetan hast. Jetzt wird nämlich Bruderschaft getrunken. Kein ‚Frau Doktor' und ‚Herr Ingenieur' mehr und sonstige Förmlichkeiten."

Das brachte die Kinder in Raserei, aber auch wieder zu Jammerrufen, dass ihnen das niemand glauben würde. Alle küssten einander auf die Wangen, tranken mit verschränkten Armen Champagner – in der Verwirrung auch die Kinder mit den Eltern. Emma Petrik und Gabi stellten überall, wo nur Platz war, riesige Platten mit den köstlichsten Leckerbissen ab, die Männer sorgten für Nachschub an Getränken.

„Für die Kinder ein Glas Champagner und nicht mehr", verkündete der Vater. Man traute ihm durchaus zu, auf die Einhaltung dieses Gebotes zu achten.

Alle waren sich einig, nie ein schöneres Silvester gefeiert zu haben. Natürlich mussten Annabel und Georg erzählen, wie sie sich kennengelernt hatten, aber hauptsächlich drehte sich das Gespräch um den Skihelden und seine positiven und negativen Erlebnisse, wobei diese so überaus erfolgreiche Rennsaison im Mittelpunkt stand.

„Eigentlich tun mir die vielen jungen Männer leid, die sich das ganze Jahr abplagen, trainieren in der Hoffnung, etwas zu erreichen, und dann enttäuscht werden. Es ist doch schon beinahe peinlich, wenn immer ein und derselbe gewinnt", meine Annabel.

In das entstandene Schweigen, nur unterbrochen von dem überraschten „Was?!" von Max, sah sie zu Georg und blickte in ein völlig ausdrucksloses Gesicht. Etwas war in seinen Augen, was sie so schnell nicht enträtseln konnte. Sie spürte, wie ihr die Hitze der Verlegenheit ins Gesicht stieg.

„Ich meine doch nur, es ist ja auch für die Skifahrer anderer Länder, die Schweizer, Deutschen, die so gute Rennläufer haben, frustrierend, dass immer ein Österreicher den ersten Platz einnimmt."

Annabel merkte deutlich, dass sie immer tiefer ins Fettnäpfchen trat.

„Ich versteh schon, was du meinst, Annabel", sagte Georg sanft, „es müssten alle, die da eine Rennstrecke hinunterfahren, Erste werden. Gleiches Recht für alle. Oder vielleicht könnte der Internationale Skiverband eine Vorschrift erlassen, dass jeder Rennläufer nur zwei- oder dreimal einen ersten Platz gewinnen darf. Der vorher Erster war, müsste dann vor dem Ziel etwas bremsen; mit der heutigen Technik könnte man ihm rechtzeitig signalisieren, dass er um so und so viel zu schnell ist. Blöd nur, wenn er dann im Übereifer Letzter wird."

Weiter kam er nicht, weil ihn das Gelächter der anderen und sein eigenes Lachen daran hinderte. Als er wieder zu Atem gekommen war:

„Aber ich sehe ja auch diplomatische Verwicklungen, die du fürchtest, Annabel. Alle Nationen, die Skiläufer ins Rennen schicken, könnten sich gegen Österreich verbünden – vielleicht kein Krieg, das geht innerhalb der EU nicht so leicht, aber unsere Botschafter in den entsprechenden Ländern könnten sich schon Sorgen machen wegen möglicher Sanktionen. Und der Wirtschaftsminister, dass es einen Boykott österreichischer Waren geben könnte.

Ehrlich gesagt hab ich bis jetzt gar nicht gewusst, dass ich ein Staatsfeind, ein Volksschädling bin. Hab mich immer für einen ganz harmlosen Menschen gehalten."

„Ja, macht euch nur alle lustig über mich", sagte Annabel, die im Laufe dieser Tirade nicht anders gekonnt hatte als mitzulachen. „Natürlich gönne ich Georg seine Siege, aber die anderen tun mir halt leid."

Emma stellte sich wie beschützend neben den Rollstuhl und verkündete, dass sie auch schon manchmal so gefühlt habe wie Annabel, worauf sich ihr Mann theatralisch die Haare raufte und im Begriff war, eine Grundsatzerklärung im Bezug auf weibliche Logik und Intelligenz loszulassen, als Georg wieder das Wort erkämpfte.

„Stur wie ich bin werde ich leider so weitermachen wie bisher. Aber im Ernst, glaubt Ihr, dass sich irgendein Deutscher, Schweizer, Italiener, Amerikaner oder was auch immer kränken würde, wenn eine ganze Rennsaison kein Österreicher einen ersten Platz erreicht? Ich find immer, man soll Mitleid auch nicht übertreiben."

Man lachte so viel, die Zeit verging so rasend schnell, dass man beinahe den Jahreswechsel versäumt hätte. Schnell wurden die Gläser wieder gefüllt, die Jungen bekamen auch noch einmal einen Schluck, obwohl Gabi verachtungsvoll sagte, sie mache sich aus dem Sprudelwasser sowieso nichts, das Radio wurde aufgedreht, um Pummerin und Donauwalzer, sozusagen das Silvester-Pflichtprogramm der Österreicher, zu hören. Als es dann so weit war, wurde die Stimmung beim Klang der großen Kirchenglocke doch ernst. Man wünschte einander mit einer liebevollen Umarmung ein glückliches neues Jahr. Das Bruderschaftstrinken mit Georg hatte auf Annabel kaum Eindruck gemacht. Ob sie einander mit Sie oder Du anredeten, machte keinen Unterschied. Als er sie jetzt aber an den Schultern hielt und ihr alles Gute wünschte, da löste der Gedanke an all das Schöne, das sie miteinander erlebt hatten, ein merkwürdiges Gefühl in ihr aus.

„Das alte Jahr war ein gutes", sagte sie leise.

„Dieses Jahr wird auch gut", war seine entschiedene Antwort.

Am Ende wurde auch noch etwas getanzt bei Disco-Musik, für die Max sorgte. Er hielt sich lieber bei Annabel auf, für die er eine schüchterne Bewunderung zeigte. Das Tanzen mit Mutter und Schwester würde ihn wirklich nicht reizen. Die vier anderen tanzten, stets pünktlich die Partner wechselnd, aber man war einfach schon zu müde.

So wurden nur alles Verderbliche und die Getränke auf die Terrasse geschafft und Annabel bei strengster Strafe verboten, irgendetwas zu tun. Am nächsten Tag wollte man zu einem späten Frühstück wiederkommen und alles in Ordnung bringen.

Von den Petriks hatte Georg sich schon in der Nacht verabschiedet, aber Annabel besuchte er doch noch am Nachmittag kurz vor seiner Abreise. Wie immer, wenn er ein Rennen und seine Vorbereitungen vor sich hatte, war er in Hochstimmung. Er erzählte ihr von Rennen in Orten wie Nagano in Japan, Kvitfjell in Norwegen, das unselige Lake Louise, Namen, die sie bisher nie gehört hatte, in Garmisch Partenkirchen, Bormio und vor allem Kitzbühel mit der größten Mutprobe für alle, die so verrückt wie er waren.

„Ich schätze, es werden so ungefähr 250 Weltcuprennen, 90 Podestplätze, 50 Siege, Olympia Gold, WM Gold und vielleicht drei Kristallkugeln gewesen sein", rechnete er ihr die derzeitigen Weltcuppunkte vor. Sie sagte es nicht, aber die interessierten sie überhaupt nicht. Dass er gute Ergebnisse erzielte, die ihn freuten und vor allem unverletzt wiederkam, nur das war ihr wichtig.

Gottlieb Kramer kam in Georg Maders Zimmer, um noch etwas vor dem Training am nächsten Tag zu besprechen. Zwischen ihm und diesem von ihm betreuten Skiläufer hatte sich allmählich ein gewisses Vertrauensverhältnis entwickelt, das über das Berufliche hinausging. Trotzdem war er etwas überrascht, den jungen Mann an einem Tisch sitzen zu sehen mit einem aufgeschlagenen Buch und einem Zettel, auf dem er anscheinend Notizen machte.

„Hallo, Georg, was machst du denn da? Die anderen sind beim Dart-Spielen und du? Das schaut ja aus, als würdest du studieren."

„Nicht eigentlich. Aber ein bisschen weiterbilden will ich mich schon. Ich bin schon ein furchtbarer Stoffel. Dabei gibt es so viel, was mich interessiert, wie ich jetzt draufgekommen bin."

„Schadet ja nicht. Hat vielleicht dieser plötzliche Bildungsdrang mit der Beate zu tun?"

Georg sah den anderen verständnislos an.

„Wieso mit der Beate?"

„Na, wenn es mit der ernst wird, kann schon sein, dass ihr Vater an seinen Schwiegersohn gewisse Ansprüche stellt."

„Also ich weiß wirklich nicht, was du meinst."

„Tu nicht so unschuldig. Das weiß doch jeder, dass das Mädel nur Augen für dich hat. Wie verliebt die ist, das kann man ja nicht übersehn. Dass du da nicht zugreifst, ist uns allen ein Rätsel."

„Gottlieb, das ist keine, mit der man für ein paar Nächte ins Bett hupft. Da schaut schon der Alte drauf, die müsste ich heiraten."

„Na und?"

„Ich kann nicht heiraten."

Der Coach sah ihn lange wortlos an. Dann sagte er langsam: „Wenn man es nicht besser wüsste, könnt man glauben, du bist schwul."

Georg lachte so, dass er sich verschluckte.

„Also, deine Sorgen möcht ich haben. Wie heißt es so schön? Deine Sorgen und dem Rothschild sein Geld. Sag, denken die anderen am End auch so?"

„Glaub ich nicht." Er grinste. „Du gibst Ihnen dazu auch wirklich keinen Grund mit deinen Mädeln, die …"

„Ich hab noch nie einer was versprochen. Es hat jede ganz genau gewusst, auf was sie sich einlasst."

„Ja gut, aber warum k a n n s t du nicht heiraten?"

„Weil da eine Frau ist, mit der ich jede andere vergleich."

„Warum heiratest du dann die nicht? Von der weiß man ja gar nichts."

„Das kannst du vergessen."

„Ist sie verheiratet? Das ist doch heute kein Problem. Oder mag sie dich nicht? Wär ja auch möglich."

„Sie ist querschnittgelähmt und sitzt im Rollstuhl."

Ein langes Schweigen folgte.

„Du suchst jetzt eine wie sie, aber eben …"

„Das ist ein Blödsinn. Aber ich weiß jetzt, was ich n i c h t will. Irgendwie, irgendwann, was weiß ich.

Aber vielleicht nehm ich dich einmal mit zu ihr, damit du mich verstehen kannst, denn du bist der einzige Mensch, mit dem ich darüber geredet hab."

Annabel war der Besuch angekündigt worden, dem Coach hatte Georg erzählt von dem Unfall, der Scheidung, dem „Wohltäter", dessen Namen er selbstverständlich nicht nennen durfte, und wie sie sich kennengelernt hatten.

Sie standen vor der Gartentür, Gottlieb Kramer studierte das Namensschild.

„Also hinter dem A hat sich Annabel versteckt. Hätte ja auch Annatol oder Alexander sein können."

„Bist du gscheit! Mir ist nur Anton oder Adolf eingefallen."

Während sie noch lachten, gingen die Türen auf, weil Annabel ihre Besucher schon durch das Fenster gesehen hatte.

Obwohl Georg gesagt hatte, dass diese Annabel jung und hübsch sei, war Gottlieb Kramer auf das nicht vorbereitet. Das Lächeln, mit dem er begrüßt wurde, warf ihn dann ganz um.

„Ich freue mich sehr, dass Georg Sie mitgebracht hat. Er hat mir viel von Ihnen erzählt, Herr Kramer."

„Gottlieb", murmelte er, während er die gereichte Hand nahm und sich ganz altmodisch verbeugte.

„Annabel", lachte sie.

„Na, ihr zwei geht es aber schnell an. Wir haben dafür viel länger gebraucht", grinste Georg.

Es wurde ein höchst angenehmer Nachmittag. Der Coach war für alles Schöne sehr empfänglich und an vielen Dingen interessiert.

Er war es auch, der herausfand, dass „belle" auf französisch „schön" hieß, nur sollte es dann korrekt Annabelle sein.

„Schöne Anna", murmelte Georg andächtig. „Deine Eltern müssen sehr gescheite Leute gewesen sein."

Man unterhielt sich, als wäre man schon lange befreundet. Zum Schluss wollte der Gast aber unbedingt noch etwas auf dem Klavier hören. Annabel sträubte sich ein bisschen – fremde Zuhörer setzten sie immer in Verlegenheit.

„Sollen wir ihm etwas vorsingen? Ist dir das lieber? Mir ist alles recht, wenn es nicht der Bach ist", setzte Georg hinzu.

Sie wechselten einen Blick von solch tiefem Einverständnis, dass dem anderen unwillkürlich ein ‚armer Georg' durch den Kopf ging.

So war es dann „Am Brunnen vor dem Tore" und „Ännchen von Tharau" und als Draufgabe, weil sie jetzt die Scheu verloren hatte, das Adagio cantabile aus der Beethovenschen Sonate Pathetique.

„Ich hoffe, Sie kommen bald einmal wieder", sagte Annabel zum Abschied und meinte es ernst.

Auf der Rückfahrt schwiegen die beiden Männer.

„Verstehst du jetzt?", fragte Georg schließlich.

„Ja", war die Antwort und dann lange nichts.

„Sie ist auch der Grund dafür, wieso ich mich jetzt sozusagen weiterbilden will, herausfinden, was mich alles interessieren könnte. Ich bin auf etwas so Einfaches draufgekommen, wie, dass man nicht auf einem Bein stehen soll, nicht ganz einseitig sein. Du sagst uns selber immer, ohne Kopf geht nichts. Wenn ich heut so wie sie im Rollstuhl sitzen müsste – und das kann ja bei jedem und bei uns besonders schnell passieren, was helfen mir dann meine Muskel, mein durchtrainierter Körper, wenn ich ihn nicht bewegen kann. Ich plane ein bisschen mit meinem Geld, das macht mir Spaß und ist ja recht nützlich. Aber es ist mir zu wenig. Verstehst du jetzt?"

Es folgten große und kleine Siege, einige wenige Misserfolge, bis schließlich, ganz am Ende der Rennsaison ihn ein Sturz außer

Gefecht setzte. Der Sturz sah gar nicht so dramatisch aus, aber die Zuschauer, vor allem die vor dem Fernseher, bemerkten, dass Georg Mader ein Bein nicht belasten konnte. Heftige Debatten mit den Helfern, ratlose Kommentatoren, dann der Abtransport mit dem Akja. Endlich die Nachricht, dass anscheinend das linke Bein gebrochen war, er wäre schon auf dem Weg ins Unfallkrankenhaus.

Natürlich war Annabel entsetzt, rief Marianne Mader an, und die beiden Frauen beklagten heftig sein Missgeschick, waren aber auch erleichtert, dass es nur ein glatter Beinbruch war, der kaum Folgen haben würde.

Ganz kurz streifte Annabel sogar der Gedanke, dass es für ihn in diesem Winter kein Rennen mehr gab, also keine angstvollen Minuten vor dem Fernseher für sie. Nur damit verlor er seine größte Freude, geradezu den Inhalt seines Lebens. Also musste sie ihm bald wieder Rennen wünschen, die großen, gefahrvollen, die Herausforderung, die er so liebte. Ein schreckliches Dilemma für sie.

Aber jetzt kam er erst einmal öfter zu ihr, weil er mit dem Gehgips weder trainieren noch skifahren konnte, war guter Dinge, weil der glatte Bruch gut verheilte und das Ende der Schonzeit abzusehen war.

„Es war wieder einmal der Kopf", erklärte er. „Ich war schlampig, hab mir die Fehler der Fahrer vor mir nicht genügend eingeprägt."

„Ob du von den vielen Rennen, dieser ständigen Hetze nicht schon erschöpft warst? Wäre das möglich?"

„Ich weiß nicht. Ich muss einmal nachzählen, wie viele es waren. Sag jetzt nicht, dass ich schon alt werde. Ich hab noch einige Jahre vor mir. – Aber jetzt kann ich mich wenigstens mit meinem Hausbau beschäftigen."

„Du willst dir ein Haus bauen?"

„Ja, den Baugrund habe ich schon einige Zeit. Ich muss ihn dir einmal zeigen. Die Lage wird dir gefallen. Mit dem Haus selbst weiß ich noch nicht so recht. Groß muss es sein, einen offenen Kamin", lachte er, „aber einen großen will ich auch. Du kannst mir sicher helfen und raten."

„Du willst bei deiner Mutter ausziehen?"

„Jetzt noch nicht. Aber wenn ich einmal heirate und Kinder hab, will ich ein großes, schönes Haus haben."

„Natürlich, das ist sehr vernünftig."

‚Vernünftig', dachte sie, als sie wieder allein war. ‚Er ist ja so vernünftig. Natürlich wird er heiraten, und mit seinen 33 Jahren wird er das bald wollen.' Hatte sie nie daran gedacht oder war sie diesen Gedanken ausgewichen? Hatte sie verdrängt? Ob er schon ein Mädchen kannte, das er heiraten würde? Er hatte es ihr nicht erzählt, aber er hatte auch über seinen Bauplatz nicht gesprochen.

Merkwürdig, er war so ein offener Mensch, sie redeten so viel, auch über seine Einstellung zum Leben. Sie glaubte ihn gut zu kennen, nur über diesen zentralen Punkt im Leben eines Menschen hatten sie nie gesprochen.

Würde er voll Stolz und Glück kommen und ihr seine Braut vorstellen? Könnten sie Freundinnen werden? Würde sie vielleicht Taufpatin eines seiner Kinder werden?

Aber es wäre begreiflicherweise alles anders. Er würde nicht mehr allein kommen, seine Interessen würden sich von der Musik und den Dingen, mit denen er sich zu befassen begonnen hatte, in eine andere Richtung bewegen. Wo sie ihm nichts zu bieten hatte. Wahrscheinlich würde ihre Freundschaft einschlafen. Eine Weihnachtskarte, gute Wünsche für das neue Jahr. Natürlich. Es würde alles ganz natürlich ablaufen. Das war ihr klar, das war ihm klar. ‚Es war ein gutes Jahr' hatte sie zu Silvester gesagt und er ‚dieses Jahr wird auch gut sein'. Vielleicht noch dieses Jahr? Vielleicht war ihre Freundschaft schon so stark, dass er auch als Ehemann hie und da auf Besuch käme? Zweimal im Jahr? Einmal?

Sie hatte gelebt, bevor er in ihr Leben getreten war, dann wäre es eben so wie davor. Sollte sie sich wünschen, sie hätten einander nicht kennengelernt? Nein, das nicht. Man musste für jedes Geschenk dankbar sein, und diese Monate waren ein Geschenk gewesen. Sie durfte nur für das Heute leben, das einmal eine schöne Erinnerung sein würde, und den Gedanken an das Morgen so weit wie möglich verdrängen.

Dass sie für so vieles dankbar sein müsse, dass auch sie vom Leben so viel Schönes bekäme, hatte sie ihm doch, als sie einander kennenlernten, erklärt. Hatte sie damals wirklich daran geglaubt oder nur versucht, es sich einzureden?

Am nächsten Tag kam er mit einer dicken Mappe voll Zeitschriften und Bildern, die sich auf Einfamilienhäuser bezogen. Sie machte ihm den Esstisch frei, damit er alles ausbreiten konnte.

Sie hatte sich immer schon für Häuser interessiert. Wenn ihr Leben anders verlaufen wäre, hätten Julian und sie sicher auch ein Haus gebaut. Aber sie war heute nicht so begeisterungsfähig wie sonst.

Er bemerkte ihre Stimmung sofort.

„Du bist traurig", und dann ängstlich: „Hast du am End Schmerzen?"

„Nein, nein", versicherte sie. „Es ist nur das Wetter."

„Das Wetter?" Er sah zum Fenster hinaus. „Was hast du gegen das Wetter? Es scheint doch sogar immer wieder die Sonne. Aber es ist ja ganz natürlich, wenn du trübsinnig wirst, tagein tagaus im Haus zu sitzen. Dass ich nicht früher daran gedacht hab, du musst heraus. Wir fahren fort."

Sie musste über seine wilde Entschlossenheit lachen.

„Wohin willst du denn fahren?"

„Zieh dich warm an, mach dich fertig, ich leg den Rollstuhl zusammen und überleg mir etwas."

Bald darauf erschien sie in Stiefeln, einen Pelzmantel über dem Arm. In der Zwischenzeit hatte er schon den anderen Rollstuhl eingeladen und war bereit, sie in den Wagen zu setzen.

„Nichts für den Kopf?"

„Der Mantel hat eine Kapuze."

Er nahm ihr den Pelz ab.

„Wie weich und leicht der ist, wunderbar."

„Ich liebe ihn auch sehr, aber ich habe ihn nur ein paar Mal getragen."

Er erinnerte sich, sie damit in der Christmette gesehen zu haben.

„Jetzt wirst du ihn nicht mehr oft brauchen, im Auto auch nicht, da ist es in zwei Minuten so warm, wie du nur willst", sagte er grantig.

„Und weißt du schon, wo wir hinfahren?"

„Distelalm."

„Das klingt ja sehr alpin."

„Ist es auch."

„Dann wird dort ja sicher noch viel Schnee liegen. Ist es nicht schwierig?"

„Erstens ist die Straße immer geräumt, und dann komm ich mit meinem Allrad praktisch überallhin. Die Distelalm ist kein Luxuslokal, aber sehr beliebt, weil es so gemütlich ist, die Wirtin gut kocht und die Aussicht dort einmalig ist. Im Sommer und im Winter, auch zu den Wochenenden, ist der Parkplatz gerammelt voll."

„Es ist merkwürdig", meinte sie nach einer Weile. „Autofahren ist doch heute etwas so Selbstverständliches, dass man sich gar nichts dabei denkt. Aber wenn du zwei Jahre nie in einem Auto gefahren bist außer zweimal im Jahr in die Klinik zur Kontrolle, dann merkst du erst, dass es etwas ganz Besonderes ist. Es ist einfach ein tolles Gefühl. Es ist schon so, man nimmt so viel als selbstverständlich, dass man es nicht einmal schätzt, außer man hat es plötzlich nicht mehr."

‚Ich bin schon ein besonderer Blödmann', dachte er ärgerlich. ‚Darauf hätte ich doch kommen müssen.'

Es war wirklich eine wunderschöne Fahrt. Ein Stück die Bundesstraße und dann eine schmale Bergstraße mit gelegentlichem Ausweichen. Schon eine Weile gab es keine einzelnen Bauernhöfe mehr, kaum noch Bäume. Aber je höher sie hinaufkamen, umso weiter wurde der Blick. Dann in einer seichten Mulde geduckt wie eine richtige Almhütte die Distelalm. Obwohl es ein ganz gewöhnlicher Wochentag außerhalb der Saison war, standen ein paar Wagen auf dem Parkplatz.

Mit unglaublicher Geschicklichkeit half er Annabel in den Mantel, setzte sie in den Rollstuhl und fuhr sie an die Kante des Parkplatzes. Der Blick in die Hochgebirgswelt war wirklich überwältigend. Ringsum natürlich noch alles tief verschneit, leuchteten einzelne Gipfel rosig in der Nachmittagssonne.

Etwas mühsam schob er den Rollstuhl dann noch einen Weg entlang, der nicht geräumt war, aber der Schnee doch festgetreten. Er wollte ihr unbedingt auch diese Aussicht noch zeigen. Stumm, beinahe andächtig, sahen sie in die Weite.

„So, jetzt gehen wir ins Haus und trinken Kaffee. Keinen Tee, den trink ich nur bei dir", erklärte er, nachdem er ihr die Namen verschiedener Berge genannt hatte, die ihr fast alle fremd waren.

„Ich weiß nicht", zögerte Annabel. „Da sind Gäste, die dich wahrscheinlich erkennen, die sich wundern werden, wenn du mit einem Rollstuhl auftauchst."

„Wie schön für sie, dann ist ihnen wenigstens nicht langweilig."

Mit seiner gewohnten Geschicklichkeit trug er sie die Stufen hinauf, öffnete die Tür in den Gastraum und schob sie zugleich hinein. Ein kurzer Blick ließ ihn sofort einen Tisch in einer ruhigen Ecke, aber doch mit einer schönen Aussicht auf die Berge, entdecken. Wieder bewunderte sie die Leichtigkeit, mit der er ihr den langen Mantel auszog, einen Sessel zur Seite schob, um Platz für den Rollstuhl zu schaffen. Selbstverständlich hatten die wenigen anwesenden Gäste interessiert geschaut, als da ein Rollstuhl hereingeschoben wurde. Einige, wahrscheinlich die, die Georg Mader erkannten, steckten die Köpfe zusammen. Auch der Wirt, der sie freundlich begrüßte, erkannte den Skifahrer sofort, das sah man deutlich an seinem Lächeln und daran, dass, nachdem er in der Küche die Bestellung aufgegeben hatte, die Wirtin den Kopf aus der Tür streckte und die neuen Gäste interessiert betrachtete.

„Na und", fragte Georg herausfordernd, „ist es so schlimm? Tut uns doch keiner was."

„Aber stell dir vor, Journalisten bekommen Wind davon, dass der berühmte Georg Mader mit einer … einer, die im Rollstuhl sitzt, ausgeht. Was für eine schöne Story."

„Ja, wenn du die Kronprinzessin von Spanien oder von Holland wärst! Aber bild dir nichts ein, das bist du nicht."

„Ich nicht", lachte sie, „aber du bist fast so etwas wie ein Kronprinz." Sie hatten so viel Spaß, dass Annabel die anderen Menschen im Raum vollkommen vergaß.

„Das Nächste, was wir unternehmen, ist ein Candlelight-Dinner in der Post in Seefeld. In unserer Ausstattung wie zu Silvester werden wir die Leute von den Sesseln reißen."

„Ja, willst du denn das?"

Er überlegte eine ganze Weile.

„Das kann ich jetzt wirklich nicht sagen. Aber ich will, dass du einen Abend so ähnlich wie früher verbringst. Nein, nicht nur das, ich w i l l mit dir gesehen werden, ich bin stolz drauf."

Nach ihrer Rückkehr, sie waren ja nicht allzu lange fort gewesen, wollte Georg noch, dass sie sich mit seinem zukünftigen Haus befassten. Trotz ihres anfänglichen inneren Widerstrebens nahm das Thema sie dann doch gefangen. Sie besahen sich dies und jenes, verwarfen das meiste, bekamen allmählich aber doch eine ungefähre Vorstellung, wie das Haus aussehen sollte.

„Für den Innenraum, die Anordnung der verschiedenen Räumlichkeiten musst du dir einen tüchtigen Architekten nehmen. Ja, für das Ganze überhaupt. Der muss dir die Pläne zeichnen, die du dann natürlich nach deinen Vorstellungen abändern wirst."

„Ich fahre morgen nach Innsbruck, ich weiß schon, an wen ich mich da wenden werde. Es muss schnell gehen. In einem Jahr will ich das Haus fertig haben."

Es gab ihr einen heftigen Stich.

„Warum muss das Haus in einem Jahr fertig sein?"

„Bei mir muss alles schnell gehn, ich hasse es, etwas hinauszuschieben. Außerdem muss ich die Zeit, wo ich ja sonst nichts machen kann, ausnützen. Ein Jahr muss reichen."

Am nächsten Tag kam er geradezu geladen mit Energie und Tatendrang.
„Ich hab dem Baumeister Bernauer hier im Ort den Auftrag gegeben, die Pläne für das Haus zu machen. Er hat einen sehr guten Ruf, ist tüchtig und hochanständig, zu ihm kann man unbedingt Vertrauen haben. Mit einem Sohn, der auch schon im Geschäft arbeitet, bin ich in die Volksschule gegangen. Er sagt, das Geld für den Architekten kann ich mir sparen, die würden einem immer nur ihre eigenen Ideen aufdrängen wollen. Na, das wär für mich grad das rechte. Sie haben um diese Zeit nicht viel zu tun, ich werde die Pläne schnell bekommen. Dann werden wir sie ganz genau studieren. Aber heute hab ich noch ein paar Hefte mitgebracht, die wir uns gemeinsam anschaun. Man kommt doch immer wieder auf etwas Neues drauf."
‚Es ist, als würden wir das Haus für uns beide bauen‘, dachte Annabel – Freude empfand sie keine dabei.
„Übrigens hab ich für übermorgen den Tisch in der Post bestellt. Ich hol dich nach sieben Uhr ab."

Wenn es schon einen öffentlichen Auftritt geben musste, dann sollte er wenigstens nicht kläglich sein. So hatte sie sorgfältig ein leichtes Make-up aufgetragen und ihr mittlerweile schulterlanges Haar gewaschen. Das Kleid von Silvester zog sie doch nicht an. Sie wollte ihm lieber etwas Neues bieten, sie hatte ja von früher eine Menge hübscher Kleider, die für diesen Anlass passten.
Wie jede andere Frau war sie stolz und zufrieden, als Georg sie dann mit offenem Entzücken betrachtete.
„Hab ich gesagt, du bist nicht die Kronprinzessin von Spanien oder Holland? Das stimmt auch, du bist viel schöner, schaust viel toller aus als beide zusammen."

„Ich habe gar nicht gewusst, dass du so maßlos übertreiben kannst“, lachte sie, war aber natürlich überaus geschmeichelt. Die Fahrt genoss sie wieder sehr, vor dem Lokalbesuch graute ihr aber ein wenig.

Kaum hatte Georg den Rollstuhl vor dem Eingangstor abgesetzt, als es schon von innen geöffnet wurde und der Hotelier selbst erschien, um seinen prominenten Gast zu begrüßen. Sein geschulter Blick erkannte in seiner Begleiterin sofort das, was sie war. Er verbeugte sich und bat, vorangehen zu dürfen.
„Ich glaube, ich gebe Ihnen besser einen anderen Tisch. Dort ist es ruhiger und angenehmer, die Musik ist dann auch nicht so laut.“
Natürlich zogen sie wieder viele Blicke auf sich, durch den Rollstuhl einerseits und dann, weil viele den Helden der vergangenen Skisaison erkannten.
Sie wurden aufmerksam bedient, das Essen war außergewöhnlich. Annabel konnte nicht anders, als den Abend zu genießen. Es war ihr auch eine gewisse Erleichterung, dass Georg Mader sich auch auf diesem Parkett ganz ungezwungen bewegte.
„Es ist nicht das erste Mal, dass du hier bist, nicht wahr?“
„Nein. Weißt du, während der Skisaison, vor allem nach meinen großen Siegen, will mich fast jeden Tag irgendjemand einladen. Und nicht auf einen Würstelstand. Das hier ist halt das bekannteste und beste Lokal im weiten Umkreis von Seefeld. Vor allem der Werbefritz, der mit mir die Werbung für die Versicherung besprechen kommt, der sucht jede Gelegenheit, um – auf Spesen versteht sich – hier zu essen. Daher kennt mich auch der Brandauer.“
„Nicht nur daher“, lachte Annabel. „Dass er jeden Gast mit einem Glas Champagner auf Kosten des Hauses begrüßt, habe ich nicht erwartet.“

Später wurde zu einschmeichelnder Musik mehr oder weniger zärtlich getanzt. Sie hatten von ihrem Tisch aus einen guten Blick auf die kleine Tanzfläche.

Plötzlich wurde Annabel unendlich traurig. Mit einer anderen Frau, einem anderen Mädchen würde Georg ganz sicher auch tanzen. Sie war überzeugt, dass er ein hervorragender Tänzer war, sie sah ihn direkt vor sich.

„Was hast du auf einmal?" Er legte seine große Hand auf ihre und drückte sie herzlich. „Bist du schon müd? Freut es dich nicht mehr?"

„Das Tanzen."

Er verstand sie sofort.

„Das Zuschaun ist doch auch schön. Schau dir dieses alte Paar an, beide sicher über 70, aber gut machen sie es. Haben sicher oft miteinander getanzt."

„Trotzdem, wenn es nicht ich wäre, mit der du heute hier bist, würdest du auch tanzen und hättest deinen Spaß."

„Glaubst du wirklich, dass mein Glück vom Tanzen abhängt? Da bist du so weit daneben, dass ich es gar nicht sagen kann."

Sie bereute heftig, dass sie vom Tanzen angefangen hatte. Es war dumm gewesen, geradezu masochistisch. Musste sie ihn mit der Nase auf ihre Behinderung stoßen? Die war doch ohnehin nie zu übersehen, und wenn er einmal vielleicht nicht daran dachte, musste sie ihn ja nicht darauf bringen.

Ein paar Tage später holte er sie wieder zu einer Spazierfahrt ab. Es sollte wieder die Distelalm sein, wo es jetzt auch schon ein paar schneefreie Wege gab, die für den Rollstuhl benützbar waren.

Der war schon eingeladen. Georg trug Annabel zum Wagen, als ein Blitzlicht aufzuckte. Beide schauten in die Richtung, woher das gekommen war. Auf der anderen Straßenseite stand ein Mann mit einer aufwendigen Fotoausrüstung. Es blitzte wieder und wieder.

„Sicher ein Journalist", rief Annabel entsetzt.

„Anzunehmen."

„Was tun wir denn jetzt?"

„Nichts, das heißt, wir machen das, was wir vorhatten…"

„Aber wenn er uns folgt?"

„Sei doch nicht so ängstlich. Wenn er das wirklich will, dann hat er Pech gehabt."

Es war nicht der normale Weg zur Distelalm. Im Rückspiegel bemerkte Georg nach kurzer Zeit einen Wagen, der ihnen beharrlich folgte.

Bald darauf bogen sie zu Annabels Überraschung in das Gelände eines riesigen Sägewerkes ein. Zielsicher umrundeten sie gigantische Holzstapel, gewaltige Kräne, einige Schuppen und anscheinend das Bürogebäude. Auf einmal waren sie draußen und wieder auf der Straße, aber an der Rückseite des Betriebes.

„Genial!", rief Annabel begeistert.

„Ja, der Bursche hat Pech gehabt. Das ist der Vorteil, wenn man ein Ortskundiger ist. Jetzt wird er erst einmal eine Zeit warten, bis wir wieder herauskommen. Ob er je draufkommt, dass wir durch den Hinterausgang verschwunden sind, ist fraglich. Und wenn, dann sind wir schon bald auf der Distelalm, und er hat uns auf jeden Fall verloren."

„Aber, wenn du ihn nicht hättest abschütteln können! Dann wäre er uns sicher hineingefolgt und hätte drinnen weiter fotografiert. Ob ihn der Wirt vertrieben hätte?"

„Weiß ich nicht. Ein paar Bilder von seiner Gaststube mit interessanten Gästen, dagegen hätte er wahrscheinlich nichts einzuwenden, obwohl er wirklich keine Reklame nötig hat. Wenn der Fotograf zu aufdringlich und auch den anderen Gästen lästig geworden wäre, hätte er doch etwas dagegen gemacht …

Annabel, dass das einmal sein würde, das war uns doch beiden klar, oder nicht? Aber wir sind freie Menschen, die tun und lassen können, was sie wollen. Und wir verstoßen, so viel ich weiß, gegen kein Gesetz. – Der Schnee ist auch hier heroben schon sehr zurückgegangen, wir können heute einen schönen langen Spaziergang machen."

Danach stellte sich heraus, dass die Wirtin Krapfen gebacken hatte, deren Duft ihnen sofort beim Eintreten in die Nasen stieg. Georg war begeistert, die Krapfen der Distelalm-Wirtin waren eine

Legende. So wurde es ohne Blitzlichtgewitter, aber mit köstlichen Krapfen wieder ein sehr gemütlicher Nachmittag.

Sie befassten sich viel mit seinem zukünftigen Haus, das allmählich vor ihren geistigen Augen innen und außen deutlicher wurde. Sie sangen mit Begeisterung, hörten gute Musik, Annabel fütterte ihn förmlich mit Literatur. Es kamen die Pläne vom Baumeister – Georg verbrachte fast täglich viele Stunden in dem kleinen Haus in der Waldstraße, und die Zeit wurde ihnen immer zu kurz.

Zu einer ganz unüblichen Zeit, so knapp nachdem Elfriede und Frau Bauer das Haus verlassen hatten, dass Annabel annahm, er musste ihr Verschwinden abgewartet haben, erschien Georg mit einer zusammengerollten Zeitschrift in der Hand. Eine böse Ahnung stieg in ihr auf.
„Meine Mutter hat es gleich in der Früh im Geschäft entdeckt und mich angerufen. Jetzt schau dir das an."
Er legte eine bunte Zeitschrift vor sie hin.
„Ertappt!", sprang ihr in großen Lettern entgegen. Darunter war sie auf Georgs Armen zu sehen, wie sie mit weit geöffneten Augen in die Kamera blickte. Georg blätterte um.
„Und jetzt das."
Man hatte sie also auch in der Post fotografiert, ohne dass sie es bemerkten. Sie, bezaubernd in dem dunkelblauen, schimmernden Chiffonkleid, mit einem ungewissen Lächeln ihn anschauend, und er, seine Hand auf die ihre gelegt, mit einem Gesichtsausdruck, den man nur als zärtlich bezeichnen konnte. Dann waren noch andere, kleinere Bilder, wie er sie in den Wagen setzte, wie sie wegfuhren. Dann noch einmal in der Post, vom Hotelier abschiednehmend zur Tür begleitet.
„Entsetzlich!" Annabel war den Tränen nahe. „Die Katastrophe!"
„Wieso?" Er sah sie groß an. „Die Bilder sind doch so gut, dass man dem Mann ja geradezu gratulieren müsste. Wie wir da am Tisch sitzen – ich hab mein Leben noch nie auf einem Foto so gut

ausgeschaut. Und du! Das schneid ich mir aus und häng es in meinem Zimmer an die Wand. Vor allem das Bild, wo du so erschrocken – richtig ertappt", er musste laut lachen, „dreinschaust. So ... so ... Der Text ist natürlich die übliche Mischung von Dichtung und Wahrheit."

Sie sah sich die Bilder genauer an und musste ihm eigentlich recht geben. Es hätte viel schlimmer sein können, einer von ihnen mit verzerrten Gesicht oder in unschöner Stellung.

„Was wirst du jetzt tun?"

„Tun? Natürlich gar nichts. Ich könnte auch nichts tun. Der Journalist hat schließlich nur seinen Beruf ausgeübt. Die Leute wollen halt einmal Geschichten über Menschen hören, die in der Öffentlichkeit stehen – und das tu ich ja in einem gewissen Grad. Wenn sie dann noch so hübsche Bilder dazubekommen, ist es wirklich eine gute Story. Die Erbacher werden diese Nummer wahrscheinlich kaufen und noch ein paar Tiroler – oder Skifans, aber sonst ... In dem Text, das wirst du ja sehen, ist nichts Beleidigendes oder Herabsetzendes."

„Du nimmst das so gelassen", meinte sie erstaunt.

„Es ist nicht das erste Mal, dass über mich in der Zeitung geschrieben wird, und ich kann dir sagen, nicht immer so nett. Man hat mir – nicht ganz zu Unrecht, gebe ich zu – übertriebenen Ehrgeiz nachgesagt, dass ich keinen Teamgeist hätte und kein gutes Verhältnis zu meinen Sportkollegen – auch wieder nicht ganz unwahr. Einer hat mich sogar einen ‚einsamen Wolf' genannt, was dann schon ein bisschen gemein war. Denn das ist hängen geblieben, weil es so interessant klingt, und da ich immer schon ein Einzelgänger war, keine wirklichen Freunde im Team hab ... Das hat mich noch einsamer gemacht. Du siehst jetzt, das da kann mich wirklich nicht erschüttern. Reporter können ja manchmal lästig sein, da hab ich im Anfang dann schon patzige Antworten gegeben oder sie grob abfahren lassen. Aber ich bin draufgekommen, dass man den Krieg nicht gewinnen kann. Die sitzen am längeren Ast. Richtig schaden können sie einem ja nicht, aber wenn du immer diese unterschwellige Gehässigkeit spürst, die Schadenfreude, wenn du verlierst, und das noch irgendwie Heruntermachen, wenn du siegst, das geht dir schon auf den Geist.

Die Werbeleute vor allem wollen, dass man in der Presse gut dasteht. Dein ‚Image‘ muss sympathisch sein, sonst bist du in der Werbung nicht zu brauchen. So hab ich mich mit den Zeitungsleuten – aus Geschäftsinteresse sozusagen – halbwegs gutgestellt. Richtig mögen tun sie mich aber, glaub ich, noch immer nicht."

Atemlos fast hörte Annabel diese lange Rede. Sie hatte wieder eine neue Seite an ihrem Freund entdeckt. Aber dann kam ihr ein Gedanke, vor dem sie zuerst zurückscheute.

„Dann könnte also diese Geschichte jetzt dein ‚Image‘ verbessern?" Sie sprach es nicht aus: ‚Der Mader ist gar nicht so hart, da opfert er Freizeit, um einem armen Krüppel ein paar schöne Stunden zu bereiten, ein verkannter Gutmensch also.‘

„Ich hab dir immer gesagt, dass ich keine Tragödie darin seh, wenn man weiß, dass wir befreundet sind", sagte er vollkommen harmlos. „Mir schadet es sicher nicht und dir? Kann ich mir auch nicht vorstellen, warum. Sollte dir einer wirklich lästig werden, dann sagst du's mir. Ich bin sicher, das wird unsere Polizei hier ganz schnell abstellen."

„Glaubst du nicht, dass deine Sportkollegen sich über dich lustig machen (dass du dir nichts Besseres findest als einen Krüppel, das aber nur nicht aussprechen)?"

„Lustig gemacht hat sich über mich noch nie jemand. – Aber ich muss jetzt fort, ich hab meinen Wagen zum Service in Seefeld angemeldet. Sonst hab ich auch noch viel zu erledigen."

Nachdem er gegangen war, rollte sie mit der Zeitschrift zum Fenster, um sich die Bilder noch einmal genau anzusehen und dann auch den Text zu lesen.

Es war, wie Georg gesagt hatte: Nichts war da beleidigend oder herabsetzend. Ihr Schicksal war in großen Zügen erzählt – wo sie nur einige Details herhatten? Daten und Zahlen stimmten nicht immer. Sie las den Text noch einmal. Eigentlich musste man ihn geradezu als vorsichtig bezeichnen. Es wurden keinerlei Vermutungen gemacht, nicht einmal Andeutungen: so als sollten die Leser ihre eigene Meinung aus den Fotos bilden, weil der Reporter selbst es nicht konnte oder wollte. Es war möglich, in das Foto, wo Georg sie so lieb anschaute und seine Hand auf die ihre legte, etwas hineinzuinterpretieren, was ja wirklich nicht den Tatsachen entsprach. Es konnte keiner wissen, dass Georg sie nur trösten wollte und nichts anderes seine Geste bedeutete.

Es war, wie er gesagt hatte, nicht so schlimm. Nur die Überschrift „Ertappt", die versprach mehr als der Text dann aussagte. Ertappt konnte man doch nur bei etwas Unerlaubtem werden. So etwas wurde aber nicht einmal angedeutet. Merkwürdig das alles. Sie hoffte nur, dass es bei dieser einzigen Publikation bleiben würde, das da würden die Leute bald vergessen haben.

Am nächsten Vormittag kamen ihre beiden Helferinnen zur selben Zeit. Annabel sah ihren Gesichtern sofort an, was jetzt kommen würde.

„Frau Doktor!", rief Frau Bauer, kaum dass sie die Diele betreten hatte, strahlend und hielt ihr die gewisse Zeitschrift entgegen.

„Sie haben es doch sicher schon gesehen. Sie und der Georg Mader in der Illustrierten! Diese schönen Bilder! Sie beide so elegant. Das wunderschöne Kleid, und den Georg hab ich noch nie so fesch gesehen. Da schaut er wie ein richtiger Herr aus."

„Mir gefällt auch das so gut, wo Sie so erschrocken dreinschaun. So direkt in die Kamera", meinte Elfriede.

„Ich bin natürlich erschrocken, weil es so plötzlich geblitzt hat. Wir haben gar nicht gemerkt, dass da auf der anderen Straßenseite einer steht. Er ist ja auch hinter seinem Wagen gestanden. Wenn es blitzt, dann erschrickt man natürlich und schaut dann ganz unwillkürlich, wo das herkommt und was da ist. So ist halt das Bild entstanden."

Frau Bauer hätte sich gern noch länger über den Text unterhalten, aber Elfriede hatte ihre Termine genau eingeteilt und drängte auf ein Ende des Gesprächs.

Annabel war froh, wie die beiden Frauen die Angelegenheit betrachteten, und hoffte nur, alle Leute würden es auch tun: Bilder von zwei gut aussehenden Leuten und das traurige Schicksal einer hübschen jungen Frau in einer Illustrierten und der Mann ein berühmter Skifahrer, den man kannte.

In der nächsten Zeit kam Georg seltener und nur kürzer zu Annabel. Man nahm ihm den Gips ab und die Sportmediziner stürzten sich auf ihn, um ihn im Verein mit Masseuren und Physiotherapeuten wieder fit zu bekommen. Ehrgeizig, wie er war, tat er immer noch mehr, als verlangt wurde, um nur ja schnell in seine alte Form zu kommen.

Den Bau seines Hauses übergab er zur Gänze an den Erbacher Baumeister. Nur die letzten Entscheidungen zu den verschiedenen Kostenvoranschlägen mussten ihm bleiben. Er war ein strenger Rechner. Für sein schwer verdientes Geld nicht zu bekommen, was ihm zustand, war ihm höchst zuwider – eine neue Seite, die Annabel an ihm kennenlernte.

Er hatte ihr den Bauplatz noch gezeigt, ehe die Bagger mit dem Kelleraushub begannen, damit der Eindruck nicht gestört würde. Es war, wie er angekündigt hatte, eine besonders gute Lage, und der großzügige Wohnraum mit der Terrasse davor würde einen herrlichen Blick auf eine Reihe von Berggipfeln bieten. Bis zum Winter sollte der Rohbau stehen, dann konnten die Innenarbeiten vorgenommen werden.

Annabel hatte sich abgewöhnt, an die Frau zu denken, die einmal dort leben und in der Innengestaltung ihren Geschmack ausdrücken würde. Es war einfach schön zu erleben, wie ein Haus gebaut wurde und oft sogar ihre eigenen Gedanken und Ideen verwirklicht zu sehen.

Sie selber hatte gerade von ihrem Verlag die Mahnung bekommen, ihre Übersetzung so bald wie möglich fertig zu machen. Die vielen langen Besuche Georgs waren nicht ohne Folgen für ihre Arbeit geblieben.

Eines Nachmittags, sie machte gerade eine Pause und spielte zur Erholung Klavier, läutete es am Tor. Draußen stand eine fremde junge Frau.

„Ja bitte?"

„Beate. Frau Dr. Julian?"

„Ja."

„Bitte, kann ich hineinkommen?"

Normalerweise öffnete Annabel niemals Leuten, die sie nicht kannte. Aber diese Person sah nicht wie eine Reporterin aus, und irgendetwas verkaufen wollte sie auch kaum. Ihre Kleidung und der kleine rote Sportwagen, der hinter ihr stand, wirkten irgendwie vertrauenerweckend. Also öffnete sie die Türen und stand gleich darauf einem jungen Mädchen gegenüber, etwa Anfang zwanzig, mit schickem blondem Kurzhaarschnitt, einem frischen, hübschen Gesicht und sicherem, selbstbewussten Auftreten.

Ohne sich vorstellen zu können, was die Besucherin von ihr wollte, bat sie diese trotzdem ins Wohnzimmer. Das Mädchen sah sich aufmerksam um, am Klavier blieb ihr Blick besonders lang hängen.

„Ich bin Beate", wiederholte sie, nachdem sie sich gesetzt hatte. „Beate Althaler."

Annabel sah sie fragend an.

„Hat Ihnen Georg nichts von mir erzählt?", fragte die Besucherin jetzt doch ein wenig unsicher.

„Nein."

Annabel hoffte inständig, dass sie nicht blass geworden war, dass man ihr Erschrecken nicht erkennen konnte. Das also war sie, die Frau, für die er sein Haus baute, mit der er dort wohnen würde. Sie wusste ja, dass es diese Frau einmal geben würde, aber irgendwie hatte sie sich eingeredet, dass er sie noch suche. Jetzt stand sie plötzlich vor ihr, und das war ein Schlag, der ihr fast den Atem nahm. Außerdem spürte sie beinahe Zorn, dass er ihr die Existenz dieses Mädchens verschwiegen hatte. Sie waren doch Freunde! Wie konnte man seinem Freund so etwas Wichtiges verschweigen! Alles kam ihr jetzt wie eine Lüge vor. Verschweigen war ja auch Lügen. Niemals hätte sie ihm so eine Falschheit zugetraut. Natürlich hatte sie nie gefragt, ob er eine Braut hatte. Sie hätte eigentlich leicht fragen können, … nein, sie hätte es nicht gekonnt. Würde er sie angelogen haben, geleugnet? Aber warum hätte er das tun sollen? Nicht einfach die Wahrheit sagen?

In das lange Schweigen hinein sagte das Mädchen – und Annabel erkannte, dass sie genau so erschrocken und unglücklich war wie sie selbst:

„Nicht einmal das."

Beide Frauen wussten nicht, wie sie das Gespräch weiterführen sollten.

„Wie meinen Sie das?", fragte Annabel schließlich.

„Ich liebe ihn doch. Und er weiß es – alle wissen es. Ich habe es wirklich nicht verheimlicht." Sie reckte ihr energisches Kinn. „Ich habe es doch nicht nötig, einem nachzulaufen. Aber gerade er … Dann haben der Wolfgang und der Eberhard mir diese Illustrierte gezeigt mit den Bildern von ihm und Ihnen. Alle haben tagelang von nichts anderem geredet als darüber. Wissen Sie, wie ich mich gefühlt habe? Ich kenn mich überhaupt nicht mehr aus. Sie können doch nicht der Grund dafür sein, dass er nicht ernst macht mit mir. Das ist doch nicht normal. Da wollte ich Sie kennenlernen, vielleicht, dass ich dann draufkomm. Was will er denn von Ihnen?"

Seit zwei Jahren wusste Annabel, dass sie ein Krüppel war, zumindest ihr Körper wertlos und unfähig, aber so schonungslos war es ihr nie ins Gesicht gesagt worden. Dabei wollte diese Beate sie sicher nicht absichtlich kränken, ihr wehtun. Mit der egoistischen Gedankenlosigkeit der Jugend dachte sie nur an ihren eigenen Schmerz, ihre Enttäuschung.

„Wir sind Freunde", sagte Annabel ruhig. „Freunde im besten Sinn des Wortes. Zwei Menschen, die sich gut verstehen, die Wert auf die Meinung des anderen legen und ihm unbedingt vertrauen." ‚Eben noch habe ich es nicht getan', dachte sie schuldbewusst.

Das Mädchen ließ seine Augen im Zimmer herumschweifen, wieder blieben sie am Klavier hängen.

„Wir haben uns schon alle gewundert, was er auf einmal mit der Klaviermusik hat. Und auch anderes hört er sich oft an, was sonst nicht üblich war. Und was wollen S i e von ihm?"

„Dasselbe wie er: einen Menschen, der einem zuhört, mit dem man reden kann, manchmal auch lachen, sich über dieselben Dinge freuen."

„Mir wäre das zu wenig. Ich bin ja auch jung und gesund."

Wieder eine kleine Taktlosigkeit.

Annabel fiel ein, dass sie ihrer – wenn auch ungebetenen – Besucherin nichts angeboten hatte.

„Möchten Sie etwas trinken? Vielleicht einen Sherry?"

„Danke, nein. Aber wenn ich ein Glas Wasser haben könnte. Nur, wenn es Ihnen keine Mühe macht", als ihr die Behinderung der anderen wieder einfiel.

„Nein, überhaupt nicht."

Annabel rollte in die Küche, das Mädchen folgte ihr, sehr beeindruckt von den automatischen Türen und wie Annabel einen Krug mit Wasser füllte, zwei Gläser auf ein kleines Tablett stellte und dieses auf den Rollstuhl.

„Soll ich das nicht nehmen?"

„Nein, danke, das geht schon."

„Wie geschickt Sie das machen."

„Man lernt alles, fast alles."

Sie schenkte die Gläser voll, sagte dann mit einem Lächeln: „Aber doch auch einen Sherry."

Es war dieses Lächeln, das dem Mädchen dämmern ließ, dass an diesem armen Wesen etwas war, was auch jetzt noch Männer bezaubern konnte.

Der Sherry war ein Ausweg. Annabel konnte sich nicht zu einer gemütlichen Teestunde, einer Kaffeejause mit ihrer Besucherin entschließen. Wie sollte es jetzt weitergehen?

Beate Althaler drehte das Glas in den Händen, nippte daran.

„Ich habe den Georg beim Skifahren kennengelernt. Ich bin eine gute Skifahrerin. Natürlich keine Rennfahrerin, das würde mein Vater niemals erlauben. Der Georg ist mit ein paar seiner Kameraden einmal zum Vergnügen gefahren, und wir waren zufällig zusammen im Lift. Da haben wir schon zu reden angefangen. Dann habe ich Schwierigkeiten mit meinem Schuh gehabt, und er hat das sofort in Ordnung gebracht. Er versteht ja alles von diesen Dingen. Wir sagen immer, er ist ein Ingenieur. Er ist so hilfsbereit, so …" Sie stockte und ihre Stimme schwankte leicht. „Dann sind wir miteinander hinuntergefahren, und er hat mir ein paar Dinge gezeigt, die ich besser machen könnte. Ich habe ihn natürlich gekannt, aber er mich nicht, bis der Wolfgang, der Wolfgang Mayer, zu uns gestoßen ist, mit dem bin ich in die Volksschule gegangen. Na, da sind wir und ein paar andere in die Hütte, haben etwas getrunken. So hat es angefangen. Wir sind eine richtige Clique – Skifahren, Schwimmen und am Abend tanzen. Der Georg und ich tanzen sehr gut zusammen. Vor allem bei den schnellen Sachen ist er unschlagbar. Wir haben viel Spaß miteinander. Auch jetzt, wenn ich mich von der blöden Schule frei machen kann und dort hinfahre, wo sie grad trainieren oder dann zu den Rennen. Aber – die anderen meinen, er traut sich nicht wegen meinem Vater. Ist ein Blödsinn. Mein Vater mag ihn. Der Georg ist ja nicht dumm, der könnte sich schon anlernen lassen von meinem Vater. Aber … die Mädeln sind wie verrückt hinter ihm her. Hinter allen Rennläufern, die imponieren ihnen halt. Aber der Georg … da hab ich vor Eifersucht schon oft geglaubt, ich zerspring."

Annabel bemerkte bekümmert, dass dem Mädchen Tränen in den Augen standen.

„Er hat mich gern, das weiß ich ganz sicher, aber ich, ich liebe ihn, das ist der Unterschied. Ich frag mich immer, warum er mich nicht auch lieben kann. Ich weiß, wir hätten es schön miteinander."

‚Die ist genau so unglücklich wie ich', dachte Annabel, ‚nur dass es bei ihr so oder so vorübergeht. Entweder kriegt sie ihren Georg doch noch, oder es kommt ein anderer. Für mich gilt das Unglück bis ans Lebensende.'

„Was sollte Ihnen der Besuch bei mir bringen? Sind Sie jetzt zufriedener, weil Sie gesehen haben, dass ich wirklich im Rollstuhl sitze und keines von diesen Mädeln bin, die Sie so fürchten?"

„Ich weiß nicht. Es war dieses Foto, wo er seine Hand auf Ihre legt und Sie so anschaut, wie er mich noch nie angeschaut hat. Da wollte ich Sie einfach kennenlernen."

„Das Foto ist gemacht worden, als die Leute zu tanzen angefangen haben und ich traurig geworden bin, weil er nicht mit mir tanzen kann und ich ihm den Spaß verderbe. Da hat er mich trösten wollen. Er hat Mitleid mit mir gehabt."

‚Wieder dieses verdammte Mitleid', dachte sie erbittert. ‚Mitleid ist etwas Gutes, aber immer nur Mitleid, das erstickt einen förmlich.'

„Es ist schon furchtbar, dieses Unglück, das Sie da getroffen hat", echtes Mitgefühl klang aus Beates Worten. „Sie sind ja noch so jung und so hübsch. – Weil Sie mich gefragt haben, was ich mir von diesem Besuch erwartet habe – ich habe es vorher selber nicht gewusst, aber jetzt glaube ich, dass es mir doch irgendwie geholfen hat. Sie sind ein netter Mensch, ich gönne Ihnen die Freundschaft mit dem Georg, die paar Ausflüge, dass Sie auch einmal herauskommen, woandershin. Irgendwann wird er vielleicht doch draufkommen, was er an mir haben könnte. Wir passen doch so gut zusammen."

Bald darauf bedankte sich Beate Althaler höflich für den Sherry und dass die Frau Doktor Julian ihr so geduldig zugehört hatte.

Das war kein Besuch gewesen, der einen erfreut oder erheitert. Zwei junge Frauen, beide unglücklich, wenn auch aus verschiedenen Gründen, hatten sich auf eine Stunde getroffen und einander kennengelernt. Kennengelernt? Nein, das wohl nicht. Ob sie Georg von diesem Besuch erzählen sollte? Ein richtiger Vertrauensbruch wäre es nicht, das Mädchen hatte nicht gebeten, ihren Besuch zu verschweigen. Aber was brachte es? Sie konnte sich nicht vorstellen, wie er reagieren würde. Ärgerlich auf Beate, dass sie hierher gekommen war? Verlegen? Unwillig, Erklärungen abzugeben? Warum sollte er das tun? Es war so merkwürdig: Sie konnte mit ihrem Freund so schöne, friedliche Stunden verbringen mit Musikhören, Singen, ihren Gesprächen über die verschiedensten Dinge; sie konnten sich bei ihren Ausflügen über unzählige Dinge gemeinsam freuen, sich einfach wohlfühlen, zufrieden sein. Aber wenn irgendwie die Außenwelt in ihr Verhältnis eindrang, dann war die Harmonie zerstört und zumindest sie selbst tief unglücklich. ‚Aber wir können uns einfach nicht von der übrigen Welt abschließen. Wir leben auf keiner Insel. (No man is an island) Wir sind keine Insel. Die Umwelt, unsere Mitmenschen werden sich immer einmischen. Das kann man nicht verhindern. Aber alles in ihr sträubte sich gegen dieses sich Abfinden, es bedeutete ja auch ein Aufgeben, sich selber aufgeben. Am Ende des langen Nachdenkens wusste sie nur, dass sie unglücklich war, aber mit niemandem darüber sprechen konnte, Georg nichts von diesem Besuch erzählen würde. Sie war froh, das erste Mal, seit sie ihn kannte, dass sie ihn zwei oder drei Tage nicht sehen würde. Sie fürchtete, er könnte ihre Verstörung bemerken und nach dem Grund fragen. Dann war sie gezwungen, zu lügen oder ein ihr peinliches Gespräch zu führen.

Tatsächlich kam er eine Woche nicht nach Erbach, dafür stand ein anderer Besucher eines frühen Nachmittags vor ihrem Haus. Mit einem großen Strauß duftender Fresien und zarter Glockenblumen kam Gottlieb Kramer sie zu besuchen. Sie konnte den Coach, wie alle ihn nannten, gut leiden. Er zeigte ihr auch auf so nette, offene und ehrliche Art seine Bewunderung. Es war nicht zu übersehen, dass auch er sie gut leiden mochte.
„Ist ein unverschämter Überfall", lachte er. „Die Blumen sollen eine Entschuldigung dafür sein. Ich hatte ganz in der Nähe zu tun, da konnte ich einfach nicht anders, als Sie aufzusuchen. Noch dazu, wo ich weiß, dass Georg derzeit anderweitig sehr beschäftigt ist."
In der Küche musste er ihr eine Blumenvase aus einem höher gelegenen Fach, das sie nicht erreichen konnte, herunterholen.

„An so einem warmen Tag biete ich Ihnen keinen Tee an", erklärte Annabel. „Georg hat eine Flasche Terlaner mitgebracht. Schön kalt aus dem Kühlschrank schmeckt er wirklich köstlich."

„Weißwein statt Blumen", stichelte Gottlieb Kramer. „Das ist typisch für Georg."

„Oh nein, zu Weihnachten hat er mir diese Azalee geschenkt. Sehen Sie nur, da gehen immer noch Knospen auf."

„Weihnachten ist aber schon lange her."

Sie lachten viel, sprachen über das laufende Training und die kommende Rennsaison und dass es wieder bedeutete, viel von zu Hause fort zu sein.

„Meine Frau ist ja sehr vernünftig und mit den Kindern beschäftigt genug, aber ich fehle ihr oft schon sehr."

„Sie haben drei Kinder?"

„Ja", voll Vaterstolz zog er seine Brieftasche und zeigte ihr ein Foto, auf dem eine strahlende junge Frau stand, von zwei großen Jungen und einem kleinen Mädchen umgeben.

„Ihre Frau schaut so glücklich aus."

„Ja, meine Bernadette hat eine Begabung zum Glücklichsein. Und sie gibt ihr Glücklichsein weiter. Sie und die Kinder, das ist der ganze Inhalt meines Lebens. Nie würde ich etwas tun, was dieses Glück gefährdet."

Annabel verstand jetzt, warum sie diesen Mann, der oft so unernst wirkte, so gern hatte.

„Vor ein paar Tagen war Beate Althaler bei mir", sagte sie, bevor sie es noch gedacht hatte.

Dem Mann fiel beinahe das Weinglas aus der Hand. Er verschüttete ein paar Tropfen auf sein Hemd und bemühte sich leise fluchend mit seinem Taschentuch. Als er wieder aufsah, waren seine Augen besorgt.

„Sie hat diese dumme Illustrierte mit den Bildern von Georg und mir gesehen. Ich habe ganz vergessen, sie zu fragen, woher sie meine Adresse hat."

„Von mir hat sie sie nicht, das können Sie mir glauben."

„Natürlich, ist ja auch nicht so wichtig."

„Das Ganze ist eine blöde Geschichte. Warum kann man Sie nicht einfach in Ruhe lassen."

„Ach, wissen Sie, ich stehe nicht in der Öffentlichkeit, komme wenig unter die Leute, mich berührt es ja kaum. Mir ist es mehr wegen ihm. Dass man sich über ihn lustig macht."

„Über den Georg hat sich noch nie jemand lustig gemacht... (wo hatte sie diese Worte schon gehört?) Und er hält viel aus, hat ein dickes Fell, einen harten Kopf. Das Merkwürdige ist, dass die Burschen, die diese schönen Bilder ja geradezu verschlungen haben, ihn daraufhin irgendwie anders anschaun. Ich versteh es nicht ganz. Er ist immer eine Art Außenseiter gewesen. Teilweise haben sie seine Dominanz gefürchtet, die drückende Konkurrenz, und dann ist ihnen seine Kompromisslosigkeit, seine beispiellose Härte vor allem gegen sich selbst so, wie soll ich sagen, fast unmenschlich vorgekommen. Jetzt sehen sie ihn auf einmal als Mensch, und dadurch ist er ihnen nähergerückt. Ich spür das ganz deutlich. Verstehen Sie, was ich meine?"

„Ja. Eigentlich kann er einem leidtun."

„So wie sich keiner über ihn lustig macht, so wenig braucht er einem leidtun. Nein, nein, ganz sicher nicht. Er weiß genau, was er will, und davon wird er sich nie abbringen lassen. Nein, Mitleid braucht man keines mit ihm zu haben, dazu ist er viel zu hart."

Ganz konnte Annabel diesen Worten nicht zustimmen. Das passte nicht zu dem Mann, dessen Lieblingsmusikstücke Adagios waren, der bei „O Jesu, meine Freude" förmlich dahinschmolz und sie bei ihren Ausflügen mit einer Rücksicht und Fürsorge behandelte, die nur aus einem warmen, weichen Herzen kommen konnte.

„Dass die Beate zu Ihnen kommt, das hätte ich nie erwartet. Sie ist ein nettes Mädchen, anständig und ehrlich, aber von ihrem Vater furchtbar verwöhnt. Sie glaubt, sie kann alles haben, und es steht ihr alles zu. Weil das bis jetzt auch wirklich so war, kann sie nicht begreifen, dass kein Mensch ein immerwährendes Recht darauf hat.

Georg ist sicher immer anständig gewesen. Er hat immer gewusst, wie weit er gehen kann. – War es für Sie sehr unangenehm?"

Was sollte sie darauf sagen? Sie wusste es nicht, also sagte sie gar nichts, sah nur mit gesenktem Kopf vor sich hin. Aber gerade das sagte mehr als alle Worte. Der Mann nahm ihre beiden Hände in seine.

„Es tut mir leid. Es tut mir alles so schrecklich leid. Aber da kann man nichts tun, da kann niemand helfen, da kann man nur beten, tät meine Bernadette sagen. Sie kommt aus einer frommen Familie."

Zwei Tage später kam Georg sprühend vor Begeisterung und Freude. „Es lebe das Internet, dein Freund und Helfer. Früher hat man das von der Polizei gesagt. Jedenfalls habe ich herausgefunden, dass im Landestheater ‚Kabale und Liebe' von Schiller gespielt wird, dass es im Theater einen Platz für Rollstühle gibt und, na ja, das ist ja auch wichtig, eine Toilette für, na, für Behinderte. Ich habe für übermorgen zwei Karten, das ist der vorletzte Tag vor der Sommerpause."

Annabel war sprachlos. In das Landestheater, wo ihn sicher fast jeder erkannte, das Aufsehen, das Getuschel!

„Warum willst du denn unbedingt einen Skandal provozieren?" Sein Mund wurde ein schmaler Strich, seine Augen waren wie Gletschereis.

„Wie meinst du das?"

Von ihrem Herzen spürte sie die Eiseskälte durch ihren Körper hinuntersickern. Sie wusste, dass sie sich auf einem schmalen Grat bewegte, rechts und links Abgrund. Ein falscher Schritt, und sie würde abstürzen und alles, was schön und gut war, mit sich reißen.

„Verzeih mir, Georg", flüsterte sie. „Das war dumm von mir." Das war die Angst, diese verdammte Angst. Immer wieder der unwürdige Verdacht, er könnte sie benützen, er wolle sich mit ihr zeigen, w e i l er Aufsehen erregen wollte, seine Beliebtheit durch ihre Behinderung steigern. Früher war es umgekehrt gewesen, hatte sich ihre Angst darauf bezogen, dass ihre Freundschaft negative Auswirkungen für ihn haben könnte. Auf einmal hatte sich das Blatt gewendet.

Er hörte nicht auf sie.

„Das reden wir jetzt aus. Es ist also ein Skandal, wenn wir miteinander ins Theater gehen. Du schämst dich für mich. Aber warum soll ich das provozieren wollen? Das geht mir nicht ein. Warum lässt du mich in dein Haus kommen, spielst für mich Klavier, liest mir vor, was du geschrieben hast, wenn das alles ein Skandal ist?"

Oh hätte sie nur diese unseligen Worte zurücknehmen können! Jetzt hatte sie alles, woran ihr Herz hing, zerstört. Er würde ihr nie verzeihen.

„Ich habe es nicht so gemeint, die Worte waren falsch. Aber ich bin so schrecklich durcheinander. Deine Beate war bei mir und dann der Coach.

„Was?! Beate? Was heißt ,meine Beate'? Und Gottlieb, was hat denn der wollen? Was mischt der sich in unsere Angelegenheiten?"

Sie spürte eine winzige Hoffnung. Es war ihr gelungen, ihn von ihren Worten abzulenken.

„Beate hat mir alles erzählt, und der Coach kam teilweise wegen der Fotos."

„Ich kenn die Beate gut genug, sie lügt nicht. Also hat sie dir auch gesagt, dass nichts zwischen uns ist."

„Ja, aber…"

,Das ist ein gesundes, hübsches junges Mädchen, wie für dich geschaffen, mit einem Vater, der dir eine gute berufliche Zukunft bietet und ich … bestenfalls dazu geeignet, Mitleid zu erregen, neugierige Blicke auf sich zu ziehen.'

Aber das konnte sie nie und nimmer sagen, das brachte sie nicht über die Lippen.

Etwas von ihrem Jammer, wenn auch nicht alles, drang doch zu ihm durch.

„Annabel, du hast mich vorhin beleidigt, richtig gekränkt. Ich hätte nicht gedacht, dass du das kannst."

Seine Worte, die schon wieder wärmer, vertrauter klangen, ließen sie vollkommen zusammenbrechen. Sie weinte, als könnte sie nie mehr aufhören, merkte nicht einmal, wie er ihre Hände nahm und weil sie eiskalt waren, zwischen seinen warmen rieb und streichelte.

„Nein, hör auf, Annabel, ist ja schon gut. Wir werden nicht nach Innsbruck ins Theater fahren."

Das war ihr auch kein Trost – schon wieder etwas, was sie ihm verdarb.

„Nein, bitte, lass uns trotzdem fahren. Du hast alles so gut vorbereitet und freust dich darauf. Ich muss mir meine Überängstlichkeit auch abgewöhnen. Kann ja wirklich nicht bis an mein Lebensende nur in diesem Haus sitzen. Ich wäre froh, könntest du meine dummen Worte vergessen."

„Ich weiß nicht, wenn es dir so unangenehm ist…"

„Wenn ich es mir überlege, ich ginge natürlich sehr gern wieder einmal ins Theater und gerade dieses Stück. Ich war nur so überrascht. Jetzt habe ich mich an den Gedanken gewöhnt."

Trotz aller durch ihre Behinderung bedingten Schwierigkeiten, die Georg mit gewohnter Umsicht und Geschicklichkeit meisterte, wurde es dann doch ein schöner Abend. Die Atmosphäre eines Theaters vor der Vorstellung, diese gewisse Erregung, die sie immer geliebt hatte, erfasste sie auch diesmal. Sie hatte wieder das Beste aus ihrem Aussehen gemacht, und die Blicke, die ihr und ihrem Begleiter galten, waren durchaus nicht nur mitleidig. Über dem Theatererlebnis selbst vergaß sie dann auch alle Ängste, alle Scheu, die sie sonst in der Öffentlichkeit quälten.

Es war eine ausgezeichnete Aufführung, die Darsteller hervorragend. Ohne Worte wussten beide, dass der andere genau so tief berührt und erschüttert war. In der Pause sprachen sie kaum. Georg besorgte eine Flasche Mineralwasser, die sie miteinander tranken, dann ging die Vorstellung weiter, das Drama seinem Ende zu. Bei den Worten „Dies Mädchen ist mein, lass es mir!", nicht bittend, eher drohend, konnte Annabel nicht anders, als zu Georg hinübersehen und begegnete seinem Blick, so aufgewühlt, so voller Gefühle, dass sie es hätte nicht beschreiben können. Er nahm ihre Hand und behielt sie lang in der seinen.

Erst auf der Heimfahrt in dem dunklen Wagen, der gleichmäßig ruhig dahinfuhr, sagte Annabel:

„Es gibt heute keinen Fürsten eines Kleinstaates, zumindest in der westlichen Welt, der seine Untertanen verkaufen kann, keinen Staatsmann, der kein Verbrechen scheut, um seinen Sohn von einer Heirat mit einer nicht Ebenbürtigen abzuhalten. Und doch, der Kern der Tragödie – zwei Liebende, die beide für diese Liebe alles geben würden und doch nicht zueinander kommen können, weil irgendetwas, irgendjemand zwischen ihnen steht oder zwischen sie tritt – das können unzählige Gründe sein; das ist geradezu unerschöpflich. Das war immer und wird immer so sein. Und hier hat vor mehr als 200 Jahren ein großer Dichter ein bürgerliches Trauerspiel, wie er es nennt, geschrieben, das immer seine Gültigkeit behält, Menschen berühren und packen wird."

„Ja, man kann viel darüber nachdenken. Und lang darüber nachdenken. Im Herbst müssen wir öfters ins Theater gehen. Du siehst, es lohnt sich wirklich."

„Wir müssen uns die Stücke aber gut aussuchen. Nicht jedes lohnt sich."

Annabel hatte ihre Übersetzung fertig. Georg fuhr zwischen zwei Trainings nach Wien, um einen schon lange geplanten Werbefilm zu drehen. Es machte ihm viel Spaß, er „kam gut rüber", was seiner Eitelkeit schmeichelte, und für so wenig Mühe war die Bezahlung hervorragend. Er kannte schon seinen Text, über den sie, weil sie ihn ein wenig albern fanden, gemeinsam lachten. Das Ganze würde nicht lange dauern, er wäre bald wieder zurück.

Eines frühen Nachmittags läutete das Telefon. Julian meldete sich. Ganz gewohnheitsmäßig freute sich Annabel, seine Stimme zu hören. Diese Freude verging ihr sehr schnell.

„Hallo Annabel, was glaubst du, was ich heute in einem anonymen Brief erhalten habe: einen Ausschnitt aus einer Illustrierten mit Fotos von dir und diesem Skihelden. Es ist ungeheuerlich. Schämst du dich nicht, dein Verhältnis mit ihm in der Öffentlichkeit zu präsentieren?"

Annabel rang nach Atem.

„Bist du wahnsinnig? Erstens sind wir zwei geschieden, und ich könnte einen Ladendiebstahl begehen, und es würde dich nichts angehen. Merke dir das endlich. Und was die Bilder angeht – Georg Mader und ich haben in einem sehr guten Restaurant in Seefeld zu Abend gegessen. Warum sollte ich das nicht? Er ist ein netter Mensch, immer hilfsbereit und höflich. Was soll deine Aufregung?"

„Du willst doch nicht leugnen, dass das eine enge Beziehung ist? So wie er dich anschaut, seine Hand auf deine legt. Das ist so eindeutig wie nur etwas. Und wie er dich auf seinen Armen ins Auto trägt."

„Was sonst? Hast du vergessen, dass ich nicht auf meinen eigenen Beinen gehen kann, dass ich Hilfe brauche? Aber ich muss mich nicht vor dir rechtfertigen für etwas, wofür ich überhaupt kein schlechtes Gewissen habe."

„Hast du vergessen, was ich letztes Weihnachten von dir wollte und wie du mich empört zurückgewiesen hast? Und der Bauernlümmel…"

„Du bist so gemein, das hätte ich nie von dir gedacht", jetzt weinte sie und ärgerte sich gleichzeitig, dass sie seine Verdächtigungen nicht kalt zurückwies. „Das ist eine so schöne Freundschaft, der du Dinge unterschiebst, die absolut nicht stimmen. Ich will mich nicht weiter mit dir auseinandersetzen."

„Ich sehe, das geht an Telefon nicht. Ich komme morgen nach Erbach."

„Nein, komm nicht. Wenn du anläutest, werde ich dir nicht aufmachen, und wenn du die ganze Nacht vor dem Haus stehst."

Nach einer langen Stille, in der Annabel schon dachte, er hätte das Gespräch beendet:

„Was habe ich dir getan, Annabel? Ich bin nicht schuld an deinem Unfall, du weißt, ich habe alles nur Mögliche getan, um dir zu helfen, ich habe mich gegen die Scheidung gewehrt, ich wollte weiter mit dir leben. Ich habe zu Weihnachten noch einen Versuch gemacht, dich zurückzuholen. Warum behandelst du mich wie einen Feind?"

„Nein, du bist nicht mein Feind. Wir könnten so schön Freunde sein, wenn du nicht immer wieder in mein friedliches Leben einbrechen würdest, wenn du endlich einsiehst, dass das hier jetzt die einzige Art ist, wie ich leben kann."

„Nein, das kann ich nicht einsehen. Du bist aus guter Familie, akademisch gebildet, und jetzt wirfst du dich weg."

„Es ist ungeheuerlich, wie du mit mir sprichst. Nichts gibt dir ein Recht dazu."

„Irgendwer hat mir diese Bilder anonym zugeschickt. Wer weiß, wer alles sie gesehen hat, über mich lacht. Du warst schließlich einmal meine Frau, trägst meinen Namen."

„Den kannst du gerne zurückhaben, ich brauche ihn nicht."

Jetzt waren sie auf dem Niveau eines ganz gewöhnlichen Streites. Erschöpft beendete Annabel das Gespräch.

Sie rollte auf die Terrasse hinaus, in den schönen, warmen Nachmittag. Alles brach in ihr zusammen, aller Wille, alle Kraft, die sie bis jetzt aufrechterhalten hatten.

Wenn sie diesen Unfall nicht gehabt hätte, wäre sie heute gut verheiratet, würde ein Leben führen, für das sie bestimmt war. Vielleicht wäre schon ein Kind da – eine glückliche Familie, eine Familie mit nicht mehr Problemen und Schwierigkeiten wie andere auch. Sie wären damit zurechtgekommen, davon war sie überzeugt, und jetzt war ihr Leben – was war es denn? Sie sah in ein tiefes, schwarzes Loch, einen bodenlosen Krater – ihr Leben. Aber nicht sie allein stand davor. Jetzt war es nicht mehr allein ihr Unglück, ihre trostlose Zukunft, ein anderer litt durch sie. Wenn sie nicht wäre, hätte er schon eine Frau für sein Haus – Beate oder eine andere so wie Beate.

Diese besondere Freundschaft zwischen ihnen, dass er sich zu ihr hingezogen fühlte, irgendwie an ihr hing, das sah sie jetzt ganz klar als etwas Unnatürliches, Abnormales. Sie schadete ihm, die kleinen Freuden wogen bei Weitem nicht auf, was sie ihm antat. Aber sie wollte es nicht, sie wollte nicht mehr.

Einmal hatte sie einen Mann freigegeben durch eine Scheidung, aber wie sollte sie Georg befreien?

„Lieber Gott, bitte, lass es enden. Ich will nicht mehr, ich kann nicht mehr."

Lange saß sie und grübelte, sah immer nur den schwarzen Krater.

Dann war Georg wieder da, ganz erfüllt von seinen Erlebnissen in Wien. Er bedauerte, dass sie nicht mitgekommen war, aber es hätte eine längere Vorbereitung für so ein Unternehmen gebraucht.

„Aber das nächste Mal?", fragte er hoffnungsvoll.

An einem besonders schönen Tag wollte er einen größeren Ausflug machen zu einer hoch gelegenen Hütte, von wo er einen Weg kannte, der zur Not mit dem Rollstuhl befahren werden konnte und dann einen ganz besonders schönen Fernblick bieten würde.

Es war ziemlich schwierig für Georg, aber er behauptete lachend, das sei gut für seine Kondition. Der Weg war auf einem kleinen Plateau zu Ende, das unvermittelt in einen tiefen Abgrund führte. Absolute Stille, nur hier und da das Krächzen einer Bergdohle, der Blick auf die umgebenden Gipfel – es war überirdisch schön. Der Abgrund am Ende der Kante, kein Hang, sondern senkrecht abfallend und so tief, dass man nicht sehen konnte, was auf seinem Grund war. Dieser Abgrund, diese Tiefe, das lockte, das zog unwiderstehlich.

Georg sicherte den Rollstuhl in einigem Abstand, fabrizierte aus einem Blatt Papier einen kleinen Becher und machte sich daran, ihn mit großen, überreifen Heidelbeeren zu füllen. Es war kein

Geräusch, es war ein Gefühl, das ihn plötzlich sich umdrehen ließ und mit einem Schrei auf den Rollstuhl zustürzen, der nur mehr ein kleines Stück von der Kante entfernt war. Er riss ihn zurück in eine kleine Mulde, sicherte ihn, ließ aber die Griffe nicht los.

„Bist du wahnsinnig? Was wolltest du tun!"

„Warum, o warum! Was hast du getan! Jetzt wäre schon alles vorüber", schrie sie verzweifelt.

„Ja, vorüber für dich", brüllte er zurück. „Du würdest da unten liegen, für dich wäre alles zu Ende, aber ich, an mich hast du nicht gedacht, das war dir egal. Dich da unten zu finden!"

„Ja, ich hätte mir im Bad die Pulsadern aufschneiden müssen, aber dazu war ich zu feige. Hier, das war so verlockend, so leicht, so eine Befreiung. Du weißt nicht, was du mir angetan hast. So eine Chance habe ich nie wieder."

„Wenn du das tust, dann wird dich Gott strafen mit ewiger Verdammnis, und ich werde dich hassen und verfluchen bis an mein Lebensende."

Er packte sie an den Schultern, schüttelte sie grob, sie wehrte sich gegen ihn, versuchte ihn mit den Fäusten zu schlagen.

Schließlich riss er sie aus dem Rollstuhl, legte sie ins Gras, warf sich über sie und küsste sie wild und hemmungslos. Es dauerte eine Weile, bis er erfasste, dass sie sich nicht wehrte, sondern sich an ihn klammerte. Als seine Küsse zärtlicher wurden, erwiderte sie diese voll Verzweiflung.

Es war ein Damm gebrochen, von dem sie nichts gewusst hatten, und unbewusst verdrängte Gefühle frei geworden.

„Wie konntest du mir das antun, das antun wollen. Aber du liegst da im feuchten Gras."

Er hob sie auf, doch er setzte sie nicht in den Rollstuhl, sondern behielt sie in seinen Armen. Ihre Füße berührten den Boden, den sie nicht spürten. Er drückte ihren Kopf an seinen Hals, hielt sie lange umschlungen.

„Ich liebe dich, o wie ich dich liebe! Das hab ich nicht gewusst, nur dass du meine größte Freude bist, das Leben ohne dich nichts, das hab ich zumindest gefühlt. Und das hast du mir nehmen wollen."
Wieder küsste er sie, bis ihnen der Atem ausging.
„Wir können jetzt nicht in die Hütte etwas trinken. Wir fahren besser zurück."
An einem einsamen Ausweichplatz parkte er den Wagen, drehte sie in ihrem Sitz, dass er sie in den Armen halten konnte, sah lange in ihr verstörtes, verweintes Gesicht.
„Ich begreif es nicht. Gelähmt sein, sich nicht auf den eigenen Beinen fortbewegen können ist schrecklich. Aber ich hab mir eingebildet, unsere Freundschaft hätte etwas Abwechslung, etwas Freude in dein Leben gebracht. Die vielen Stunden, die wir gemeinsam Musik gehört haben, gesungen, gelesen, unsere Gespräche, ja, auch gelacht haben wir und schöne Ausflüge gemacht. Es muss doch besser als vorher gewesen sein – und jetzt auf einmal das. Wenn ich mir vorstell, dass ich da irgendwie hinunterkomm, und dich find…"
Wieder drückte er sie an sich, dass sie stöhnte.
„Freilich liebst du mich nicht, aber gern hast du mich, wir sind Freunde, einem Freund darf man doch so etwas nicht antun."
„Aber deinetwegen habe ich es doch gerade jetzt tun wollen, und deinetwegen bin ich so verzweifelt, dass es mir nicht gelungen ist. Du darfst nicht an mir hängen. Wir leben in einer Traumwelt, das ist irrational. Du baust ein Haus für deine Frau und deine Kinder – irgendwie stehe ich dazwischen."
„Ich versteh allmählich", sagte er langsam. „Aber das muss ich erst ausdenken."
„Wir sind wie zwei Kinder, die etwas spielen, vielleicht König und Prinzessin, während sie spielen, sind sie es auch, aber dann hören sie auf zu spielen und sind wieder ganz gewöhnliche Kinder. Wir sind Erwachsene, Georg, wir müssen ein Erwachsenenleben führen."
„Der Vergleich ist nicht schlecht. Wir spielen Glücklichsein. Gut, spielen wir es eben. Ich will damit nicht aufhören. Lass uns einfach weiterspielen."

„Du bist verrückt, man kann ein Leben nicht wie ein Spiel führen. Man muss sich fragen, wie es weitergehen soll, weitergehen kann. Ich habe nichts zu verlieren, aber du versäumst dein normales Leben."

„Annabel, wenn mein normales Leben so ausschaut, dass ich dich nicht mehr sehen soll, alles, was wir zusammen tun, nicht mehr haben soll und gar jetzt – dich in den Armen halten und küssen, dann will ich es nicht. Du denkst an Häuser, Familie, Zukunft; ich denke an uns, du und ich. Was ist die Zukunft? Weißt du es? Die Zukunft ist etwas, was wird, was wir jetzt miteinander haben, ist die Gegenwart. Diese Gegenwart ist schön für mich und auch für dich. Vergessen wir die Zukunft, die doch nur Spekulation ist. Sollen wir auf die schöne Gegenwart verzichten, weil die Zukunft uns vielleicht einmal etwas aufzwingt, was wir nicht wollen? Es kann morgen die Welt untergehen – was dann? Ich käme mir sehr blöd vor."

Es war absurd, aber sie mussten beide lachen. Sie streichelte zärtlich sein Gesicht.

„Gut, mein lieber Liebster, wenn du es willst. Wir leben nur für die Gegenwart. Es gibt ja auch keine Zukunft."

Es war, als wäre ein Vorhang zerrissen, so klar und deutlich war jetzt alles. Sie waren weiterhin Freunde, aber nicht nur das, wie sie sich selber eingeredet hatten. Sie liebten, und das einander offen zu bekennen war so eine Befreiung, machte sie so glücklich. Ihre ganze reiche Zärtlichkeit verströmte sie an ihn und entzückte ihn, der das noch nie erlebt hatte. Weil zwischen ihnen alles so klar war, hatten sie auch keine Schwierigkeiten mehr mit ihrer Umwelt. Ihre natürliche Zurückhaltung verbot ihnen, in der Öffentlichkeit Zärtlichkeiten auszutauschen, aber wenn sie sich irgendwo gemeinsam zeigten, verschwendeten sie keinen Gedanken an die Leute. Es war jetzt vieles leichter. Sie zeigte ihm offen ihre Sehnsucht, wenn er wieder fortmusste, er bemühte sich so oft es ging, und wenn es nur kurz war, zu ihr zu kommen. Er führte teure Telefongespräche, um ihre Stimme zu hören.

Sie bat Marianne Mader, sie zu besuchen. Sie wollte versuchen, seiner Mutter begreiflich zu machen, wie sie und ihr Sohn zueinander standen, wie sich alles entwickelt hatte. Sie verheimlichte nichts. Wenn das möglich war, dann sollte es zwischen ihr und seiner Mutter keinen Missklang geben. Sie gab ihr das feierliche Versprechen, ihm nicht im Weg zu stehen, wenn er die Frau fände, mit der er eine Familie gründen wollte. Sie würde die Zeit bis dahin immer wie ein unverdientes Geschenk betrachten.
Am Ende umarmten sie einander und weinten gemeinsam über das grausame Leben – Marianne Mader hätte Annabel herzlich gern als Schwiegertochter gehabt.

Die große Rennsaison begann – sie wurde für Georg Mader zu einem einzigen Triumph. Irgendjemand erfand für ihn die Abkürzung GM, was sich schnell verbreitete. In den Medien und in der Welt der Skifans wurde er nur mehr so genannt.
„Irgendwie kommt es mir schon sehr blöd vor", kommentierte er seinen neuen Namen. „Klingt wie eine Automarke. Aber wenigstens wie ein Sportwagen."
Alle waren sich einig, dass er in Höchstform war und sich nie mehr übertreffen könne, es war, als gäbe es für ihn überhaupt keine Schwierigkeiten. Er war ruhig, ausgeglichen und unglaublich stark in allem. Trotz dieser überragenden Erfolge war sein Verhältnis zu den Menschen, mit denen er es zu tun hatte, viel besser geworden. Es war, als wäre der Panzer, mit dem er sich immer umgeben hatte, von ihm abgefallen. Gottlieb Kramer, der ihn gut kannte, beobachtete ihn heimlich, hatte auch versucht, das Gespräch auf Annabel zu bringen, aber nur nichtssagende Antworten bekommen. Trotzdem hatte er das Gefühl, dass sein verändertes Wesen aus seinem Verhältnis zu Annabel herrührte.

Eines Tages erzählte Georg Annabel ganz nebenbei, dass Oliver Lehner, der für die Werbung bei der Universal Versicherung zuständig war und sozusagen die höchste Instanz für Georg, mit einem ganz unmöglichen Vorschlag an ihn herangetreten war. Die Leute bei der Universal hatten natürlich auch diese Illustrierte in die Hand bekommen, und das hatte sie auf die Idee gebracht, es wäre mit ihnen beiden ein besonders hübscher Werbefilm zu machen. Sie wären von den Fotos hingerissen gewesen. Er habe natürlich sofort abgelehnt und erklärt, er werde nie und nimmer aus ihrem Rollstuhl Kapital schlagen. Man könne den Rollstuhl ja auch weglassen, das ließe sich schon machen. Aber sie beide seien einfach so attraktiv, dass man das gut nützen könnte. Auch das habe er abgelehnt, weil er wusste, dass Annabel nie zustimmen würde.

Mit seinen Erfolgen in dieser Saison sei sein Wert für die Werbung so gestiegen, dass er sich alles leisten könne. Aber lustig wäre es schon gewesen, mit ihr zusammen vor der Kamera zu stehen. Sie könnte ja später einmal darüber nachdenken, wenn sie unbedingt etwas gemeinsam unternehmen wollten.

Wie er vorhergesehen hatte, war Annabel zuerst entsetzt. Nach längerer Überlegung gab sie zu, dass sie vielleicht doch, wenn er es sehr gern hätte, sich einmal anhören könnte, was für Vorschläge man ihnen machen würde. Natürlich sei es durchaus möglich, dass sie nicht so wie er „gut rüberkommen" würde, dann könnte man die ganze Angelegenheit vergessen.

Er lachte.

„Überhaupt glaub ich, wenn ich mit dem Skifahren kein Geld mehr verdienen kann, wir als Volksliedsänger eine Sensation wären. So gut, wie wir jetzt sind, würden wir im Radio gewaltige Einschaltquoten erreichen."

„Habe ich einmal dein Selbstbewusstsein angezweifelt? Da muss ich dich noch nicht richtig gekannt haben."

„Aber im Ernst: Du glaubst doch nicht, dass ich mir keine Gedanken über die Zeit mach, wenn ich nicht mehr aktiv skifahren kann. Eine Skischule oder ein Hotel, die von meinem Namen leben, das kann ich mir nicht vorstellen. Ich bin sicher, dass das, was manche Moderatoren von sich geben, ich auch zusammenbringen könnte. Das würde mir schon Spaß machen, da ist mein Name natürlich ein großer Vorteil. Das bisschen Filmen auch. Über die Anfangsschwierigkeiten und -fehler würde man wegen meiner Popularität hinwegsehen, und dann hätte ich mich eingearbeitet. Du siehst, ich mach mir durchaus Gedanken über die Zukunft."

‚Über deine berufliche Zukunft tust du das', dachte Annabel, sagte aber nichts. ‚Über die Zukunft von uns beiden nicht, da bist du blind und taub.'

Weihnachten feierten sie zu dritt – ein friedliches frohes Fest mit viel altem Brauchtum –, eine kurze Atempause, bevor er wieder seine gefährliche Tätigkeit aufnehmen würde. Mit viel Freude gingen sie während seiner Ferien ihren Passionen nach: Musik zu betreiben und jetzt auch Theater und Konzerte zu besuchen, was, je öfter sie es taten, immer einfacher wurde. Ihre Scheu vor den neugierigen Blicken der anderen hatte Annabel abgelegt.

Aber am glücklichsten waren sie, wenn sie allein waren. Georg nützte jede Gelegenheit, um sie in seinen Armen zu halten. Er hob sie von einem Sitz in den anderen, am liebsten hätte er sie ständig herumgetragen. Sie war glücklich, wenn er sie auf das Sofa vor dem Kamin legte, neben ihr auf dem Teppich kniete, sie in seinen Armen hielt und küsste. Sie liebte seine Zärtlichkeiten, die sie leidenschaftlich erwiderte. Freilich kam ihr manchmal voll Angst zum Bewusstsein, dass es so nicht immer weitergehen konnte, was immer er auch sagte. Steigerten seine Zärtlichkeiten schon ihre Sehnsucht und ihr Verlangen ins Unerträgliche, wie erging es ihm? Das war auf die Dauer keinem Mann zuzumuten. Sie hatte sich aber nun einmal dazu durchgerungen, nicht mehr zu kämpfen, sich nicht zu wehren. ‚Gut, mein Liebster, spielen wir weiter Glücklichsein, weil du es so willst. Und vielleicht geht ja wirklich morgen die Welt unter.'

Eines Spätnachmittags, er war zwischen zwei Rennen auf eine Woche heimgekommen, lag sie, nur von einem freundlichen Kaminfeuer beleuchtet, auf dem Sofa, und er küsste sie mit lange aufgestauter Leidenschaft. Sie war hingerissen von seinen Zärtlichkeiten, aber allmählich bekam sie Angst, er könnte die Kontrolle über sich verlieren. Doch sie konnte nichts tun, weil das Verlangen ihre Entschlusskraft völlig lähmte.

Sie wollte nur mehr und immer mehr bis zu einem Punkt, an dem sie dachte, es nicht mehr aushalten zu können und ein rasender Schmerz ihren Körper zerriss. Sie schrie auf, rang nach Atem, schrie wieder in höchster Verzweiflung.

Georg war sofort aufgesprungen.

„Um Gotteswillen, Annabel, was ist? Ich hab dir doch nichts getan. Annabel, bitte, sag, was ist denn?"

„Mein Rücken", keuchte sie, „mein Rücken ist gebrochen. Hilf mir, ich kann es nicht aushalten."

Er rannte zu seinem Handy, wählte die eingespeicherte Nummer der Rettung, beschwor den Abhebenden, so schnell wie möglich zu kommen, es ginge um Leben und Tod und ja einen Notarzt mitzubringen. Er brachte ihr ein Glas Wasser, aber sie konnte nicht schlucken, versorgte das Feuer mit dem Kamingitter, saß dann neben ihr, ihre kalten Hände in den seinen zu wärmen versuchend und redete tröstend und beruhigend auf sie ein. Voll Entsetzen sah er, wie ihr Gesicht grau geworden war und verzerrt, die Augen tief eingesunken.

„Bitte, Annabel, kämpfe! Du musst dich wehren. Gleich kommt Hilfe." ‚Lieber Gott, lass nicht zu, dass sie stirbt. Lass sie mir, bitte.'

Was ihm wie eine Ewigkeit schien, waren nur zehn Minuten, bis Rettung und Notarzt eintrafen. Es zeigte sich, dass der Sanitäter sie schon zur Kontrolle in die Universitätsklinik gebracht hatte und über ihre Querschnittlähmung Bescheid wusste. Vorsichtig wurde sie auf eine Bahre gelegt, nach einer kurzen Untersuchung gab der begleitende Arzt ihr eine Injektion, die ihr den Schmerz erträglicher machen sollte. Über den Zustand der Leidenden konnte er keine

Auskunft geben, glaubte aber, dass keine unmittelbare Lebensgefahr bestand.

Nach einem kurzen Wortwechsel erkämpfte sich Georg, dass er im Rettungswagen mitfahren durfte. Die ganze lange Fahrt bis Innsbruck hielt er Annabels Hand, versuchte, seine Kraft und Stärke auf sie zu übertragen. Die Rettungsleute und der Arzt beobachteten ihn voll Mitleid. Es war ihnen unbegreiflich, dass das derselbe Mann war, den sie im Fernsehen so rücksichtslos unerschrocken einen Berg hinunterrasen gesehen hatten.

Annabel schrie nicht mehr, aber sie reagierte nicht, wenn er ihre Hand drückte, auf sie einsprach.

In der Klinik angekommen, rannte Georg in die Notaufnahme, wo sie schon erwartet wurden, erklärte dem diensthabenden Arzt der Abteilung, wie der Schmerz sie ohne äußere Einwirkung überfallen habe. Während Arzt und Helfer die Kranke wegbrachten, erledigte er die Formalitäten in der Aufnahme, die dadurch, dass Annabel als Patientin von Professor Geiger schon bekannt war, erleichtert waren. Man brauchte nur noch ihre Versicherungskarte, aber die konnte er nachbringen.

Es folgte das zermürbende Warten. Die Schwestern, die ihn alle kannten, bemühten sich um ihn, boten ihm Kaffee, dies und jenes an, er registrierte es kaum.

Endlich kam der Arzt, der Annabel untersucht hatte, erklärte, dass man die Dinge wie Computertomographie usw. erst am nächsten Morgen machen könne, wenn sich auch der Professor, der jetzt nicht erreichbar war, aber den Fall gut kannte, um sie kümmern werde. Im Moment wäre ihr Zustand stabil und würde auch ständig überwacht. Er solle ruhig nach Hause gehen und, nein, er könne jetzt nicht zu der Kranken, es brächte niemandem etwas.

Also verließ Georg notgedrungen das Krankenhaus, bestellte ein Taxi, das ihn nach Erbach bringen sollte, keinen Gedanken an den exorbitanten Fahrpreis verschwendend. Es fand sich dann auch ein Fahrer, der bereit war, diesen ungewöhnlichen Auftrag zu übernehmen. Der freundliche ältere Mann, der ihn natürlich kannte, aber auch die Bilder in der Illustrierten gesehen hatte, stellte seine Fragen so teilnehmend, dass Georg gegen seine Gewohnheit aus sich herausging und erzählte, was ihn nach Innsbruck und in die Klinik gebracht hatte. Er brauchte es, um den unerträglichen Druck, der auf ihm lag, etwas zu erleichtern. Die tröstenden Worte des anderen, dem natürlich klar war, dass da ein Liebespaar eine schreckliche Krise durchmachte, taten ihm wohl.

In Erbach weckte er seine Mutter aus dem ersten Schlaf, erzählte ihr, während er das Nötigste für die nächsten Tage packte, was geschehen war, dass er eigentlich nur da sei, um den Wagen zu holen, damit er mobil wäre, jetzt noch in Annabels Haus einige Papiere wie Befunde von den letzten Untersuchungen und Versicherungskarte zu holen und dann sofort wieder zurückzufahren. Den Vorschlag seiner Mutter, wenigstens ein paar Stunden zu schlafen und erst am Morgen zurückzufahren, lehnte er ab, er musste so schnell wie möglich wieder zu Annabel zurück.

Das leere Haus in der Waldstraße war unerträglich ohne seine Seele, geradezu gespenstisch; das Wort Totenhaus verbot er sich auch nur zu denken. Das Gesuchte fand sich überraschend schnell, und nach einem kurzen Rundgang, ob auch alles gesichert war, machte er sich auf den nächtlichen Weg.

Seine eiserne Disziplin half ihm, aber er war doch sehr müde, als er um drei Uhr früh in der Klinik erschien. Die Schwestern dort in der Aufnahme sahen ihn wie ein Gespenst an. Nein, er könne um diese Zeit auf keinen Fall einen Krankenbesuch machen. Aufgeben war etwas, was er nicht gelernt hatte. Nach endlosen Debatten zwischen ihm und den Schwestern und den Schwestern selber, die sich nicht einig waren, ob man nun eine Ausnahme machen dürfe oder nicht, erreichte er, dass er auf eine halbe Stunde zu Annabel durfte. Er war so fest überzeugt, dass seine Anwesenheit ihr helfen würde; sie dann in einem Schlaf zu finden, der ihm mehr wie Bewusstlosigkeit vorkam, war unerträglich.

Er sah am Ende ein, dass er ihr nicht helfen konnte. So läutete er den Nachtportier eines kleinen Hotels in unmittelbarer Nähe des Krankenhauses heraus und bezog ein Zimmer, in dem er eventuell ein paar Tage zubringen würde. Da die Schwestern ihm erklärt hatten, es hätte keinen Sinn, vor acht Uhr wiederzukommen, schlief er ein paar Stunden, duschte, zwang sich zu frühstücken und war um punkt acht Uhr wieder in der Aufnahme, gab die Befunde und die Versicherungskarte ab und sah sich dem Martyrium eines stundenlangen Wartens, schrecklicher Ungewissheit ausgeliefert.

Wirklich wurde es beinahe elf Uhr, bis man ihm sagte, der Herr Professor erwarte ihn. Professor Geiger war ein nicht mehr junger, aber sehr sportlich wirkender, braungebrannter Mann, der den berühmten GM herzlich begrüßte und ihn bat, Platz zu nehmen.
„Also die Untersuchungen sind jetzt so weit, dass ich einen klaren Blick habe, worum es sich handelt. Frau Doktor Julian, unsere Annabel, die wir hier alle im Spital bei ihren früheren Aufenthalten richtig lieb gewonnen haben, hat mir ganz genau erzählt, was sich gestern zugetragen hat. Ja, sie ist wieder voll ansprechbar. Was hier vorliegt, kann man mit Recht als Wunder bezeichnen, denn es kommt nur alle paar Jahre einmal vor. In diesem Fall ist es ja wohl ein Wunder der Liebe", lächelte er. „Es hat sich durch eine innere Anspannung, Bewegung, in der Bruchstelle in ihrem Rücken etwas verändert, wobei Nervenfasern wieder Kontakt bekommen haben. Es würde zu weit führen, versuchte ich es Ihnen zu erklären. Aber sie hat zum erstenmal seit ihrem Unfall wieder Gefühl in ihren Füßen. Es hilft uns ungemein, dass sie die ganze Zeit Gymnastik, Massage und Physiotherapie gehabt hat. Es gibt Fälle, wo die Lähmung behoben werden konnte, aber durch Muskeldegeneration und Sehnenverkürzungen der Erfolg gleich null ist. Wie gesagt, es hilft uns sehr, und Ihre Freundin hat durchaus Chancen, wieder ein normales Leben führen zu können."
Georg Mader war wie betäubt. Aus so tiefer Angst und Verzweiflung plötzlich ein so völlig unerwartetes Glück zu erfahren, das war ihm

zu viel. Tränen traten in seine Augen, was er nicht bemerkte. Bevor er noch einen Dank stammeln konnte, hob der Arzt warnend die Hand.

„Lieber GM, ich habe von einer Chance gesprochen, nicht mehr. Wenn das, was sich jetzt gezeigt hat, erhalten werden, sie wirklich vollkommen geheilt werden soll, muss ich operieren. Sie können sich vielleicht vorstellen, dass das eine sehr sehr komplizierte, schwierige Operation ist. Nun gibt es drei Möglichkeiten: Ich habe Erfolg und sie wird ganz gesund, ich habe nur teilweise Erfolg und sie bleibt behindert, oder …"

„Oder?", fragte Georg atemlos.

„Ja, das ist natürlich auch möglich."

„Wie sind die Chancen bei dieser Operation?"

„Ungefähr dreißig zu dreißig zu dreißig."

„Nein", schrie Georg und sprang auf. „Nein. Sie dürfen nicht operieren, wenn da so ein Risiko ist. Sie darf nicht sterben."

Der Arzt sah ihn mitleidig an.

„Mein Lieber, die Entscheidung liegt bei der Patientin. Annabel hat sich für die Operation entschieden."

„Nein", schrie Georg wieder, „das darf sie nicht, das kann sie mir nicht antun, sie weiß es. Ich lasse es nicht zu. Herr Professor, Sie wissen ja nicht …", er wollte sagen ‚wie ich sie liebe, wie ich sie brauche'.

Professor Geiger ließ ihn sich austoben. Es war ihm unendlich schwer ums Herz, diese sympathischen jungen Leute, die es bisher schon so schwer gehabt hatten, nun auch vor diese schwere Wahl stellen zu müssen. Er rief eine Schwester, um ihn zu der Patientin zu bringen, er gäbe ihnen eine halbe Stunde. Die Operation dürfe, sollte sie durchgeführt werden, nicht verzögert werden. Das wäre ganz wichtig. Es seien auch noch etliche Vorbereitungen notwendig. Er würde noch heute Nachmittag operieren. Bis dahin sei dann auch der Kollege angekommen, ein erfahrener Spezialist auf diesem Gebiet, den er um Mithilfe gebeten hatte.

Annabel lag, an verschiedene Schläuche angeschlossen, bleich und mit müden Augen im Bett, aber sie sah nicht ganz so erschreckend aus wie gestern. Sie lächelte ihm zärtlich entgegen.

„Mein armer Liebster, was habe ich dir angetan."

An ihrem Bett brach er zusammen. Er bedeckte ihre freie Hand mit Küssen, konnte nur immer wieder ihren Namen stammeln.

„Nicht wahr, du wirst dich nicht operieren lassen? Das Risiko ist zu groß."

„Doch, ich bin fest dazu entschlossen."

„Es ist dasselbe wie damals, als du dich in den Abgrund stürzen wolltest, da wolltest du mich auch verlassen."

„Nein, das ist es überhaupt nicht. Verstehst du nicht, dass ich, dass wir jetzt eine Chance haben, ein normales Leben zu führen, das, was wir uns so sehr wünschen."

„Nein, du darfst es nicht, ich lasse es nicht zu."

„Georg, bitte, mache es mir nicht so schwer. Auch wenn ich nur fünf Prozent Chance hätte, wieder ganz gesund zu werden, ich würde sie ergreifen. Lieber tot als so weiterzuleben."

„Weißt du, wie du mich kränkst? War denn unsere Gemeinsamkeit, das, was wir zusammen hatten, gar nicht auch für dich schön? Hat es dir gar nichts gegeben?"

„Natürlich, aber es konnte nichts daran ändern, dass ich die Behinderte bin. Du hast dich so an meinen Zustand gewöhnt, dass du es vielleicht zum Teil oder zeitweise übersehen hast. Aber ich konnte es nicht übersehen, ich habe es gelebt – 24 Stunden am Tag und das voraussichtlich bis an mein Lebensende. Und immer hatte ich das Ende unserer Beziehung vor Augen, auch wenn ich mich noch so sehr bemühte, den Traum weiterzuträumen. In meinem Zustand warst du mein einziges Glück, aber gönne mir meine Chance."

Er lag noch immer auf den Knien neben ihrem Bett, als der Professor mit seinem Assistenten, einem zweiten Arzt und zwei Schwestern ins Zimmer trat.

„Frau Doktor Julian, wir werden jetzt beginnen."

Mit einem erstickten Schrei stürzte Georg an den Eingetretenen vorbei und zur Tür hinaus.

„Sie müssen ihn entschuldigen", sagte Annabel „er ist so ein Schwächling."

In dem entstandenen Schweigen hörte man plötzlich das unterdrückte Kichern der jungen Schwester im Hintergrund. Da war es um die anderen geschehen. Die Ärzte, die Schwestern brachen in Lachen aus.

„So habe ich mir immer einen Schwächling vorgestellt, genau wie GM", keuchte der Assistenzarzt.

„Aber im Moment bin ich wirklich viel stärker als er", erklärte Annabel.

Professor Geiger nahm ihre Hand in seine beiden. Wenn die anderen nicht gewesen wären, hätte er sie geküsst, so drückte er sie nur lange.

„Annabel, wir werden es schaffen. Wir beide, Sie und ich. Ich verspreche es Ihnen."

Die junge Schwester, die vorhin das Lachen ausgelöst hatte, stahl sich aus dem Zimmer und rannte mit wehendem weißen Mantel durch die Gänge. Unten in der Eingangshalle erreichte sie Georg.

„Warten Sie", keuchte sie. Und als er überrascht stehen blieb: „Der Herr Professor hat eben zu Annabel gesagt, dass sie es schaffen werde. Er hat es ihr sogar versprochen."

Er konnte es nicht sofort begreifen, aber dann hob er das Mädchen in seinen Armen in die Höhe, küsste sie auf beide Augen, stammelte „Danke, o danke", setzte sie wieder ab und lief zur Tür hinaus.

Die junge Schwester erwachte erst aus ihrer Betäubung, als eine andere im Vorbeigehen neidisch sagte:

„Selten ist jemand für so wenig so toll belohnt worden. Vom GM geküsst werden, wer von uns träumt nicht davon."

Georg eilte in sein Hotel, zog sich um und fuhr aus Innsbruck heraus, um einen tüchtigen Lauf zu machen, stieß zufällig auf einen Fitnesspfad, der ihm ziemlich kindisch erschien, den er aber doch absolvierte. Er rannte bergauf, bergab, bis er keuchte – es war die einzige Möglichkeit, seine Sorgen und Ängste zu unterdrücken. Trotzdem wollte die Zeit nicht vergehen, alle paar Minuten schaute er auf die Uhr.

Um fünf Uhr erschien er wieder im Krankenhaus. Annabel und Georg waren inzwischen das Hauptgespräch im Haus geworden, so war es kein Wunder, dass sich sofort eine Schwester seiner annahm und berichtete, was sie erfahren hatte. Es war nicht eben viel, nur, dass die Operation noch im Gange sei, es aber noch mindestens zwei Stunden dauern würde. Wieder zwei Stunden, von denen er wusste, dass sie unerträglich langsam dahinschleichen würden.

Als er an einer Kirche vorbeikam, ging er kurz entschlossen hinein. Das Halbdunkel des menschenleeren Kirchenraumes tat seiner gequälten Seele unglaublich wohl. Er kniete vor einem Seitenaltar, der der Muttergottes gewidmet war, verbarg sein Gesicht in den Händen.

Ein Pater, der von der Sakristei ein paar Mal in den Kirchenraum gekommen war, um etwas für den nächsten Gottesdienst vorzubereiten, hatte die kniende Gestalt vor dem Marienaltar natürlich sofort bemerkt. Als der Kniende nach einer Stunde sich noch immer nicht bewegt hatte, entschloss er sich doch, ihn anzusprechen.

„Kann ich Ihnen helfen? Kann ich irgendetwas für Sie tun?"

Als der andere seinen Kopf hob, erkannte der Pater als Tiroler sofort, wen er vor sich hatte. Das Idol nicht nur der skifahrenden Jugend, den unbezwingbaren Held der Skipisten hier in seiner Kirche so verzweifelt und unglücklich zu sehen, brachte ihn zuerst ganz aus der Fassung. Dann aber setzte er sich neben den Knienden in die Bank.

„Was ist es denn? Wollen Sie es mir anvertrauen?"

„Danke, aber mir kann niemand helfen, nichts und niemand."

Der Geistliche lächelte fein.

„O doch, das weiß ich. Aber zuerst hilft es Ihnen ja vielleicht schon ein wenig, wenn Sie einem Menschen sagen, was Sie quält."

Tatsächlich spürte Georg auf einmal ein heftiges Bedürfnis, hier, in dem stillen, von so tiefem Frieden erfüllten Raum einem Fremden seine ganze Angst, seine Sorge mitzuteilen. Ohne dazu gedrängt zu werden, erzählte er dann die Geschichte seiner Liebe, wie alles begonnen hatte, mit Einzelheiten, die ihm plötzlich wieder einfielen: Liedtexte, Gespräche, was er gedacht, gefühlt hatte. Es wurde ein sehr langes, ganz einseitig geführtes Gespräch.

„Mein Sohn", sagte der Priester schließlich, „Sie haben schon lange gebetet, ich werde es auch tun. Ich bin so sicher, dass alles gut wird. – Was Sie jetzt gesagt haben, kann man auch als eine Beichte sehen, eine Lebensbeichte sogar. Wenn es Ihnen recht ist, kann ich Ihnen die Absolution erteilen."

Als Georg eine weitere Stunde später die Klinik betrat, rief ihm die Schwester in der Aufnahme schon strahlend zu:
„Alles o.k., MG, sie wird wieder gesund."

Mit diesmal vor Freude klopfendem Herz rannte er in die chirurgische Abteilung hinauf, um Professor Geiger zu sprechen. Das war nicht einfach, aber am Ende gelang es ihm doch, den Gesuchten vor seinem Zimmer abzufangen.
„Herr Professor! Danke, tausend Dank! Aber, bitte, sagen Sie mir, ist sie jetzt ganz außer Gefahr? Kann nichts mehr passieren?"
„Wir alle müssen einmal sterben. Wann, das weiß nur der liebe Gott", fuhr ihn der vollkommen übermüdete, erschöpfte Mann ungeduldig an. Als er aber dann in das Gesicht sah, das auf einmal so unglaublich jung, fast kindlich wirkte, setzte er milder hinzu:
„Sie werden Ihre Annabel schon noch eine ganze Weile behalten. Aber jetzt lassen Sie uns in Ruhe. Ich will Sie zwei Tage hier nicht sehen. Und das ist mein letztes Wort."
Die Oberschwester erklärte ihm dann noch, dass Annabel in der Intensivstation im Tiefschlaf liege und niemand, aber auch wirklich niemand ihm den Zutritt zu ihr ermöglichen würde, ohne ihm zu

sagen, dass der Anblick seiner Liebsten in der Intensivstation ein solcher Schock für ihn wäre, den niemand verantworten wollte.

Auf kürzestem Weg eilte Georg in die Kirche, und da diese leer war, in das anschließende Kloster, fragte dort nach dem älteren, grauhaarigen Mönch, der vorher in der Kirche zu tun hatte. Das sei Pater Johannes gewesen, man werde ihn sofort rufen. Das strahlende Gesicht seines Besuchers sagte diesem alles.
„Sehen Sie, ich habe es doch gewusst", rief er triumphierend. Er ergriff Georgs Hände, wollte sie nicht mehr loslassen.
„Pater Johannes, wenn wir heiraten, kann es ja keine kirchliche Hochzeit geben, weil Annabel geschieden ist?"
„Nein, so weit sind wir noch nicht, leider. Aber Sie kommen zu mir hier in die Kirche, und ich werde Ihre Verbindung segnen. Es wird eine schöne kleine Feier sein, viel würdiger als manche sogenannte große Hochzeit mit viel Trara und äußerem Pomp. Wir können das vor oder nach dem Standesamt machen, ganz wie Sie wollen. Da es ja keine offizielle Trauung ist mit Eintragung im Kirchenbuch und Trauschein, geht das. Da sind wir ganz unabhängig."

Weil er zwei Tage nicht zu Annabel durfte, fuhr Georg nach Erbach, wo es eine Menge für ihn zu tun gab. Er musste die Petriks von dem Vorgefallenen unterrichten, natürlich seiner Mutter ausführlich erzählen, in Annabels Haus dafür sorgen, dass Frau Bauer alle verderblichen Lebensmittel wegbrachte, das Haus durchputzte, ihr und Elfriede bezahlen, was sie zu bekommen hatten. Er packte einen hübschen Morgenmantel und Nachthemden in eine Tasche, in der Hoffnung, dass Annabel sie bald brauchen würde, Bücher, CDs, seinen eigenen kleinen CD-Player, ein Radio, schließlich fielen ihm noch Kamm und Bürste, Toilettenwasser ein, sodass die Tasche am Ende ziemlich voll wurde.

In seinem Haus waren Installateur und Fliesenleger bei der Arbeit in den Badezimmern und der Küche. Das alles hatte er mit Annabel gemeinsam ausgesucht, auch die Kücheneinrichtung. Wie üblich trieb er die Leute an, es sollte absolut keine Verzögerung geben. Er war wild entschlossen, Annabel nie mehr in das Behindertenhaus, wie er es jetzt nannte, zurückkehren zu lassen. Er wollte sie, wenn sie entlassen würde, sofort in ihr gemeinsames Heim bringen, und wenn es nur Betten, eine Schrankwand, Tisch, Sessel und ein Sofa geben würde. Alles Übrige würden sie mit viel Freude nach und nach anschaffen. Wichtig war, dass sie darin leben konnten. Dringend war es vor allem, sich mit seinem Team in Verbindung zu setzen, wo es einigen Erklärungsbedarf gab. Er musste sofort nach seinem Besuch bei Annabel nach Val'Isère nachreisen. Seine Disziplin, sein Pflichtbewusstsein forderten das von ihm.

Zurück in Innsbruck hatte er das Gefühl, eine Menge getan zu haben. Sosehr er sich nach Annabel sehnte, sosehr fürchtete er sich auch vor ihrer ersten Begegnung nach der schweren Operation. Etwas beruhigte ihn die Versicherung des Zimmerarztes, den er fragte, ob Annabel große Schmerzen hätte:
„Schmerzen? Das ist bei uns ein Fremdwort.“
Als er dann neben ihrem Bett kniete, ihr Gesicht streichelte, was das Einzige war, was er tun konnte, ohne an irgendwelche Schläuche und Kabel zu geraten, war es ihm schrecklich schwer, so weit fortzumüssen und noch dazu auf längere Zeit. Mit großer Tapferkeit erklärte sie ihm, dass es gut so sei, denn wenn er zurückkäme, wäre sie um vieles kräftiger und ihre Wiederherstellung fortgeschritten.
„Ach Georg, der Tag, an dem ich dir, wenn auch vielleicht mit Krücken, entgegengehe – kannst du dir das vorstellen? Du hast mich ja noch nie auf meinen Beinen stehen gesehen.“
„Noch dazu auf so schönen“, setzte er zärtlich hinzu.
Sie verbarg vor ihm ihre Angst um ihn, die sie in ihrem geschwächten Zustand noch mehr plagte als sonst, und unterdrückte Bitten wie „Sei vorsichtig! Pass auf!“, die bei seinem Beruf geradezu idiotisch waren. Aber all das Unterdrücken und Hinunterschlucken bewirkten, dass der Assistenzarzt, der sich ganz besonders um Annabel

kümmerte, nach Georgs Weggang besorgt über ihren Zustand war. Es tat ihr wohl, dem ruhigen, ernsten Mann von ihren schrecklichen Ängsten zu erzählen.

Er wollte ihr sagen, dass das schließlich Georgs Beruf sei, den er sich selbst ausgesucht hatte, begriff aber, dass ihr das auch nicht helfen würde. ‚Warum hat sie, mit ihrem weichen Herzen, sich aber auch gerade in diesen Menschen verlieben müssen', dachte er erbittert, bis ihm einfiel, dass das auch das Dümmste war, denn wann fragte Liebe je nach Sinn und Vernunft.

„Haben Sie es sich auch überlegt, wie das in Zukunft für Sie sein wird, ob Sie sich daran gewöhnen können? Er wird dieses Leben nie aufgeben."

„Man kann vieles, wenn man liebt. Und ich bin stärker, als man glaubt."

An ihr bisheriges Leben denkend musste er ihr recht geben.

Immer geduldig und für das Geringste, was man für sie tat, dankbar, war Annabel der verhätschelte Liebling der Abteilung, dem man buchstäblich jeden Wunsch von den Augen absah.

Professor Geiger, für den sie der erste Fall dieser Art in seiner langen Praxis als Neurologe war, betrachtete sie voll Stolz und wachte mit Argusaugen über die weitere Behandlung. So war es nicht verwunderlich, dass Georg so oft es ihm gelang nach Innsbruck zu kommen und sie zu besuchen, überglücklich war.

Es ging alles so gut, dass Professor Geiger sich schon nach einem geeigneten Rehabilitationszentrum umsah. Er wollte natürlich das allerbeste für sie, aber auf ihr flehentliches Bitten, sie nicht allzu weit von Innsbruck fortzuschicken, entschied er sich für Hall, das von einem Studienfreund von ihm geleitet wurde, dem er natürlich Annabel besonders ans Herz legte.

In Hall lebte Annabel sich schnell ein. Sie hatte ein besonders schönes Zimmer mit Blick auf die Berge, das Essen war ausgezeichnet und jedermann freundlich und entgegenkommend. Ihr Zimmer war immer voller Blumen; es waren prächtige Sträuße von Leuten darunter, die sie gar nicht kannte. Besonders freuten sie die von Georgs Teamkameraden, eine Geste, die ihr viel zu denken gab.

„Und Reha, das ist nach der Klinik wie ein Avancement", erklärte sie Georg. „Nur vier bis fünf Wochen – es wird mir richtig komisch vorkommen, auf einmal wieder ein selbstständiger Mensch zu sein, tun und lassen zu können, was ich will."

„Und was ich will."

„Freilich, mein Liebster, das ist für mich dasselbe."

Es war so ein glücklicher Tag, als sie ihm bei seinem nächsten Besuch in Hall entgegenkam. Zwar mit zwei Krücken, aber doch auf eigenen Beinen. Er umarmte sie, und die Krücken fielen zu Boden – es war wie ein Symbol. Er wollte sie in das Zimmer zurücktragen, aber sie verlangte energisch, selbst zu gehen.

„Aha, jetzt, wo du wieder selber gehen kannst, willst du nicht mehr von mir getragen werden."

„Nein. Das heißt außer bei besonderen Gelegenheiten. Es ist so schön, von dir auf Händen getragen zu werden."

In ihrem Zimmer setzte sie sich in ihren Lehnstuhl, er zog sich einen Sessel heran.

„Wir haben so viel zu besprechen. Für wann wollen wir die Hochzeit planen? Dem Pater Johannes will ich auch so bald als möglich Bescheid geben."

„Georg, das ist alles viel zu früh."

„Ja, ich weiß schon, dass du nicht mit Krücken zum Standesamt marschieren willst, nicht einmal zu Pater Johannes."

„Wer ist Pater Johannes?"

„Pater Johannes war doch dieser Franziskanerpater, der mir während deiner Operation so geholfen hat. Er hat versprochen, unsere Ehe zu segnen, weil wir ja nicht kirchlich heiraten können."

„Bitte, Georg, übereile doch nichts. Ich will im Moment überhaupt nicht heiraten."

Er schaute sie verständnislos an, vollkommen verwirrt.

„Jetzt versteh ich gar nichts mehr. Wenn du hier herauskommst, was ja in zwei Wochen sein wird … du ziehst doch dann in mein Haus. Wir räumen ja schon die ganze Zeit alles, was dir gehört, aus der Waldstraße hinüber. Es ist bald alles so weit. Wir werden endlich zusammen sein."

„Ja, das will ich auch. In die Waldstraße gehe ich auf keinen Fall wieder. Das ist auch mit Hans Petrik so abgemacht. Aber heiraten – davon haben wir doch bisher nicht gesprochen."

„Weil das vollkommen überflüssig war, so selbstverständlich wie das ist."

„Nein, das ist nicht selbstverständlich, so weit bin ich noch nicht." Allmählich schien er etwas zu begreifen.

„Also, so ist das. Ich bin ja wirklich langsam im Denken. Ich war dir gut genug, als du (er wollte schon sagen: ‚ein Krüppel warst', aber so weit beherrschte er sich dann doch noch.) – im Rollstuhl gesessen bist. Eine Abwechslung in deinem langweiligen Leben, geradezu romantisch das Ganze. Aber jetzt, wo du dann wieder dein normales Leben wirst führen können, jetzt brauchst du mich wirklich nicht mehr. Jetzt gilt nichts mehr, was du zu mir gesagt hast, von Liebe und so."

„Nein, nein, das stimmt doch nicht. Es hat sich nichts geändert. Ich möchte mit dir in deinem Haus leben, ich freue mich darauf. Aber nicht gleich heiraten. Lass uns doch noch abwarten. Die unzähligen Paare, die heute viele Jahre miteinander ohne Trauschein zusammen sind, berühmte Künstler, Prominente darunter."

„Ja, deine Schicki-Micki-Leute. Aber ich bin ein Tiroler Bauer, für den das nicht gilt. Wenn wir jemanden lieben und wissen, dass wir zusammengehören, dann heiraten wir auch. Aber wir gehören nicht zusammen, wir konnte ich das glauben. Wir passen überhaupt nicht zueinander. Wie hast du nur meine Mutter so einwickeln können, dass sie das nicht sieht. Gut, du willst abwarten, ob du jetzt nicht ein besseres Angebot bekommst, jemand aus deinen Kreisen, vielleicht dein Ex dich wieder zurücknimmt."

110

„Du bist so gemein, das nimmst du sofort zurück."

„Nein, natürlich nehme ich das nicht zurück, weil es stimmt."

„Schrei nicht mit mir!"

„Du schreist ja auch."

„Bitte, Georg, lass uns das wie zwei zivilisierte Menschen ausreden."

„Nein, das werden wir nicht. Du vergisst, dass ich kein zivilisierter Mensch bin. Was bin ich denn – ein Primitiver, einer, der nichts kann als Skifahren und wie sich jetzt zeigt, auch ein Idiot. Ja, vielleicht zu mir ziehen, bis du dir alles überlegt hast, ausprobieren, wie gut ich im Bett bin."

„Wenn du weiterredest, ist alles zwischen uns zerstört."

„Das ist es schon, merkst du das nicht? Dafür hast du gesorgt."

„Hinaus! Jetzt nicht!", schrie er das Mädchen an, das nach kurzem Klopfen, das sie natürlich nicht gehört hatten, ins Zimmer wollte. Die ließ vor Schreck beinahe ihr Tablett mit der Jause fallen, so entsetzt war sie. War das der immer höfliche, freundliche Mann, den sie und ihre Kolleginnen so anhimmelten?

„Gut, es ist also alles aus. Akzeptiert. Besser jetzt als später, da wäre es viel komplizierter."

Dass er jetzt ruhiger sprach, war noch schrecklicher. Sein hartes Gesicht, diese Kälte, die er geradezu verströmte!

„Und ich brauch dich nicht. Wirklich nicht. Ich kann an jedem Finger zehn haben, kann sie mir aussuchen, ich will dich nicht mehr!" Jetzt schrie er doch wieder. Sie tobten beide so, dass keiner mehr auf die Worte des anderen hörte, bis er endlich bei der Tür hinausstürzte, an einer Ansammlung von Menschen vorbei, die der Lärm angelockt hatte und ihm jetzt fassungslos nachsahen.

Die junge Pflegerin steckte vorsichtig den Kopf zur Tür herein, dann lief sie einen Arzt zu holen. Der Arzt und das junge Mädchen standen dieser händeringenden Verzweiflung hilflos gegenüber. Er führte sie zum Bett, legte sie nieder, sie zog ihr die Schuhe aus. Beide redeten beruhigend auf sie ein, ohne den geringsten Erfolg. Schließlich versuchte der Arzt es mit Strenge.

„Frau Doktor Julian, es mag schon sein, dass Sie einen schlimmen Streit mit Ihrem Freund hatten, aber das geht zu weit. Sie versetzen das ganze Haus in Aufruhr. Das kann ich nicht dulden. Sie benehmen sich einfach unmöglich, nicht wie eine erwachsene Frau, eine Akademikerin. Und der GM hat ab sofort Hausverbot. So einen Skandal will ich hier nicht noch einmal haben."

Was Güte und Freundlichkeit nicht bewirkt hatten, der Strenge gelang es. Annabel weinte nur mehr leise und stammelte sogar etwas wie eine Entschuldigung für ihre Unbeherrschtheit. Das angebotene Beruhigungsmittel wollte sie zuerst nicht nehmen.

„Ich muss so viel denken."

„Zum Denken werden Sie noch Zeit genug haben."

Also schluckte sie es. Deshalb setzte ja auch das Denken nicht aus. Wie war es nur möglich, dass in einer halben Stunde, oder wie lange diese furchtbare Szene auch gedauert hatte, zerstört werden konnte, was sich in Monaten entwickelt und sie so glücklich gemacht hatte? Es war doch nicht möglich, Liebe konnte doch nicht plötzlich enden.

Es war eben keine wahre Liebe gewesen, seine Worte hatten das klar bewiesen. Von seiner Seite falsch verstandenes Mitleid, Eitelkeit, der Stolz, eine Frau wie sie in sich verliebt gemacht zu haben.

Wenn er aus seinem aufregenden Sportlerleben, aus Japan, Kanada, Frankreich, was auch immer, von den Mädchen, die er haben konnte – an jedem Finger zehn! –, zurückkam, dann war das ja ganz nett, dass in dem langweiligen Erbach noch eine auf ihn wartete, einmal eine ganz andere.

‚Er hat mich doch nur benützt, ich habe sein Image verbessert – bei der Presse, bei den Kollegen. Dass ich gut aussehe, war ihm auch recht, das passte. Jetzt ist alles herausgekommen, was er wirklich von mir hält, so viel Kränkendes, Beleidigendes: eine Lügnerin, eine oberflächliche Person, der nur die gesellschaftliche Stellung wichtig ist. Das bin ich nicht! Dass ich nur meinen Spaß mit ihm haben wollte – nein, das war doch kein S p a ß ! Freilich war es im Anfang die Freude an der Abwechslung, dem vielen Neuen, das

112

ich durch ihn kennengelernt habe, Trost in meiner Einsamkeit und dann später die leidenschaftlichen Küsse – nur Sehnsucht nach lange Entbehrtem? Aber bevor ich noch wusste, dass ich ihn liebe, das Sehnen, wenn er länger nicht da war, die Stunden mit ihm, die mir immer zu kurz waren. Das war doch kein S p a ß, da könnte ich auch jetzt nicht so entsetzlich leiden, denn es ist aus, vorbei, da sind viel zu viele böse Worte gefallen. Habe ich wirklich gesagt, dass es stimmt, dass er ein Idiot ist? Das kann er mir nie verzeihen.'

Und noch so viel anderes, an was sie lieber nicht denken wollte.

Wie hatte alles begonnen? Seine Heiratspläne! Ihre Ablehnung war es gewesen, die ihn so vollkommen ausrasten ließ. Das passte doch alles nicht zusammen.

Sicher, er hatte ihr unrecht getan, aber sie ihm nicht auch? War er der Mann, der eine Frau nur aus Eitelkeit oder weil er einmal Mitleid mit ihr gehabt hatte heiratete? Unsinnig. Seine Zärtlichkeit, seine liebevolle Rücksicht, wo sie ihm doch so wenig geben konnte, und dann seine Verzweiflung vor ihrer Operation!

,Ich weiß, dass ich ihn liebe; ich glaube, er hat mich auch geliebt, aber gemeinsam haben wir alles zerstört.' Dass jetzt alles aus war, dass sie ihn verloren hatte, weil er ihr nie verzeihen würde, das brannte in ihr und schmerzte so, dass sie sich den Tod wünschte. Sie weinte, bis die Pillen endlich ihre Wirkung zeigten und sie einschlief.

Georg aber war wie ein Rasender aus dem Haus und durch Hall gerannt. Wer ihn nicht erkannte, konnte ihn für einen flüchtigen Einbrecher, einen Mörder halten. Nur immer weiter hinaus aus dem Ort, keinen Menschen mehr sehen.

Was in ihm tobte, waren keine klaren Gedanken, es war nur ein Wirbel von Gefühlen. Aber dazwischen immer wieder dieser entsetzliche Schmerz: aus, vorüber, nie mehr! Er glaubte den Verstand zu verlieren. Was sie einander entgegengeschrien hatten! Endlich die Wahrheit. Aber war das denn wirklich wahr? Was er ihr alles an den Kopf geworfen hatte: dass sie ihn nur benützt hatte, nur ihren Spaß mit ihm haben wollte. Nein, doch nicht Annabel!

‚Ihre Zärtlichkeit, ihr liebevolles Verständnis, wie sie sich für alles, was mich betrifft, interessiert, zuhört. Ihre furchtbare Angst vor den Rennen, die sie vor mir verstecken möchte – o Annabel! Was sie mir gegeben hat, das konnte sie nicht jedem geben, das ist unmöglich.‘

Aber sie wollte ihn nicht heiraten! Wieder stieg die Wut in ihm auf. Damit hatte es ja begonnen. Er war im Recht, sie verdiente alles, was er gesagt hatte. Dafür war er ihr trotz allem nicht gut genug.

‚Ich bin gut genug für sie‘, knirschte er mit den Zähnen, ‚auch wenn ich nicht in einer eleganten Stadtwohnung auf die Welt gekommen bin, meine Eltern mich nicht fein erzogen und mir ein teures Studium bezahlt haben, ich bin trotzdem etwas wert. Das wird mir niemand nehmen. Ich hab geglaubt, sie ist gescheit genug, um das zu begreifen. Ist sie aber nicht, es zählt für sie nur die Mitgliedschaft zur guten Gesellschaft. Ich glaub, jetzt hasse ich sie.‘

Hassen und lieben, konnte man das zugleich? Sie hatte ihn so verletzt, beleidigt wie nie zuvor irgendein Mensch, aber weiterleben ohne sie? Das Gift, das Annabel hieß, war schon zu tief in ihm drinnen. Skifahren gehen, sich ein Mädchen nehmen, es eine lange Nacht ganz toll treiben! Aber es könnte höchstens eine Nacht helfen. Annabel!

Es war finster geworden, als er sich völlig erschöpft für ein paar Minuten auf einen Felsen setzte. Er war doch immer ein ruhiger, vernünftiger Mensch gewesen, hatte niemals etwas wirklich Unbesonnenes, Verrücktes getan, und jetzt führte er sich auf wie ein Wahnsinniger. Er musste über sich selber den Kopf schütteln. Aber immer wieder stieg dieses Weh in ihm auf, ein richtiger körperlicher Schmerz – Annabel. Hatte nicht seine Mutter – es war noch nicht so lange her – zu ihm gesagt, sie glaubt, dass er gar nicht lieben kann. Was aber war das jetzt?

Auf dem Rückweg, nur irgendwie den Berg hinunter, einmal musste er ja wieder auf eine Straße und zurück nach Hall kommen, stolperte er ein paar Mal.

‚Na bravo, das wär jetzt was, sich beim Spazierengehen ein Bein brechen.' Aber es war kein Spazierengehen, und er wusste das.

In Hall stieg er in sein Auto und fuhr nach Innsbruck in das kleine Hotel, in dem er während Annabels Operation gewohnt hatte. Er wusste einfach nicht wohin. Seiner Mutter wollte er nicht unter die Augen kommen und Erklärungen abgeben schon gar nicht. In sein Haus, in dem er zur Not schon schlafen konnte, wollte er auch nicht. Das hätte ihn nur wieder an Annabel und seine zerschlagenen Hoffnungen erinnert.

Die Tage schlichen für Annabel trübsinnig dahin. Sie machte pflichtgemäß alles, was man von ihr verlangte, aber im Grunde war ihr alles nicht mehr wichtig. Sie bekam Besuche von Menschen, die sie gern hatte: Marianne, die Petriks, sogar Elfriede fuhr an einem Sonntag nach Hall, ebenso wie Gottlieb Kramer auf einem ‚kleinen Umweg', wie er sagte. Alle waren froh über ihre schönen Fortschritte, wie viel sicherer sie sich schon bewegte, aber sie wunderten sich, das Annabel so wenig Freude darüber zeigte. Auch ihr liebes Lächeln, das sie auch in ihrer schweren Zeit im Rollstuhl nie verloren hatte, war matt geworden. Die sie näher kannten, ahnten etwas und dass es mit Georg Mader zu tun hatte. Sie verließen sie weniger froh, als sie gekommen waren.

„Frau Doktor, wir machen heute etwas früher Schluss", sagte die Krankengymnastin eines Vormittags. „Es ist doch heute das Hahnenkammrennen. Das wollen Sie sicher auch nicht versäumen. Der Chef hat einen schönen großen Fernseher in Ihr Zimmer stellen lassen, weil Sie es sich vielleicht lieber allein ansehen wollen. Ist doch nett von ihm, nicht wahr?"

Freilich war das nett von ihm, gut gemeint, aber ob sie es über sich bringen würde, das Rennen wirklich anzusehen, da war sie sich noch nicht sicher. Sie wusste von dem Rennen, hatte in der Zeitung darüber gelesen, aber es sich ansehen war etwas anderes.

115

Eine Viertelstunde später saß sie dann doch vor dem Fernseher, verfolgte die ihr so bekannten Vorbereitungen, den Count down, die Interviews. Ein paar Mal kam Georg ins Bild – ein hartes, kaltes, ihr völlig fremdes Gesicht, knappe, fast unfreundliche Antworten. Was würde er für ein Rennen laufen in dieser Stimmung! Der übliche Small Talk in der Kabine der Moderatoren. Da: dass der GM angekündigt habe, es ginge ihm heute ums Ganze, was immer das bei ihm auch heißen möge. Am Tag vorher war seine Leistung ziemlich mäßig gewesen, aber bei ihm wisse man ja nie. Jedenfalls verspreche es ein besonders spannender Tag zu werden. Die Rennstrecke präsentiere sich in perfektem Zustand, tadellos präpariert, sodass die Athleten von traumhaften Bedingungen sprachen. Auch das Wetter versprach faire Bedingungen für alle.

Und dann der Moment, auf den nicht nur Annabel, sondern alle, die das Ereignis vor Ort oder vor dem Bildschirm verfolgten, gewartet hatten. Sie alle hielten den Atem an, als der GM am Startplatz erschien, das Gesicht vollkommen ausdruckslos. Mit einem kurzen Kopfnicken stürzte er in die Tiefe.

Ein Moment totaler Stille, dann die Stimme des Sprechers beklommen:

„Nein, so geht das nicht, so kann man da nicht hinunterfahren, das gibt ein Unglück."

Für einen Moment waren Gottlieb Kramer und ein paar andere im Bild, die oben besorgt in einen Monitor starrten.

In Annabel stieg eine Erinnerung an einen Tag vor nicht allzu langer Zeit auf, als er ihr ein Rennen schenken wollte. Sie schaute ihn verständnislos an.

„Du weißt doch, dass manchmal ein Sänger einen Abend nur für seine Liebste singt, ihn ihr widmet. Oder warte, da waren auch diese Ritter bei Turnieren, die sagten, sie würden zur Ehre einer bestimmten Dame kämpfen; es ging dann um einen Preis oder so. Und kommt das nicht auch bei Stierkämpfern vor, dass sie ihrer Angebeteten einen Stier schenken? Symbolisch nur. Ich bin kein Sänger, schon gar kein Ritter, nicht einmal ein Stierkämpfer, obwohl ich mir das am ehesten vorstellen könnte, aber dir ein Rennen widmen, schenken, das wär doch was?"

Sie hatte damals entsetzt abgelehnt. Der Gedanke, irgendwie beteiligt zu sein, sollte er Pech haben, war ihr schrecklich. Sie war wohl nicht die richtige Gefährtin für einen Menschen wie ihn, konnte da nicht mithalten, dachte sie jetzt. Aber dass dieses Hahnenkammrennen irgendwie mit ihr zu tun hatte, das wusste sie. Was, wenn er sie bestrafen wollte – es auf einen furchtbaren Sturz ankommen ließ, damit sie sich dann schuldig fühlte? Aber das würde er nie tun, so grausam war er nicht.

„Ein Wahnsinn! Der fliegt ja, spürt den Boden nicht. So etwas wird es in 100 Jahren nicht wieder geben. Und die Zeit, die Zeit! Wenn nicht noch im letzten Augenblick – im Ziel!!!"

Der Läufer im Zielraum riss seine Arme in die Höhe, schrie etwas, was man in dem tobenden Lärm nicht verstehen konnte, doch dann noch einmal, weil man anscheinend hören wollte, was es war, noch einmal „Annabel!"

Dann ging er unter in der Menge, die alle Absperrungen durchbrach. In der Kabine ratloses Gemurmel: „Was hat er gesagt? So wie Annabel..wer? ...seine Frau ... er hat doch keine ... Annabel, das ist doch die ..." und dann wieder offiziell:

„Das Rennen wurde kurz unterbrochen, um den Zielraum wieder frei zu bekommen. Der nächste Läufer mit der Startnummer ..."

Annabel hörte nichts mehr. Sie drehte den Fernseher ab. Sie war wie betäubt, konnte nicht einmal weinen. „Annabel" hatte er geschrien – ein Bekenntnis seiner Liebe. Er liebte sie, er war dieses Rennen für sie gelaufen, obwohl es das gar nicht gebraucht hätte. Dass er ihren Namen gerufen hatte! Die Tür ging auf, und drei junge Frauen stürzten herein.

„Annabel hat er gerufen, Frau Doktor Julian. Ich schnapp über! Und das Rennen! Ein Wahnsinn!"

Eine Vierte kam herein.

„Und ich hab es nicht sehen können! So eine Gemeinheit!"

117

„Reg dich nicht auf, das wird noch oft genug gezeigt werden. Auch in den Nachrichten, wirst sehen."

Der furchtbare Auftritt vor zehn Tagen war natürlich niemandem im Haus entgangen, jetzt nahm man großen Anteil daran, wie es zwischen dem Liebespaar weitergehen würde. Annabel kam überhaupt nicht zum Reden, wollte es auch gar nicht. Sie wollte nur allein sein und die letzte Viertelstunde noch einmal durchleben.

„Jetzt wird er bald kommen, Frau Doktor", sagte eine der jungen Frauen, „sobald sie ihn halt in Kitz auslassen mit dem Feiern und allem."

Tatsächlich waren zwei Tage vergangen, bis eines Nachmittags vor ihrer Zimmertüre ungewohnte Bewegung und Stimmen zu hören waren. Nach einem kurzen Klopfen ging die Tür auf, und er trat ein. Schwankend stand sie auf, das Buch fiel zu Boden, dann war sie schon in seinen Armen, schluchzend und lachend.

„Liebste, Liebster, verzeih mir, verzeih du mir, alles wie du willst, nein alles wie du willst, nichts ist wichtig, nur dass wir einander wieder haben, nie wieder werden wir so dumm sein."

Die junge Helferin, die draußen das Ohr an die Tür drückte, zuckte zusammen, als eine Hand ihre Schulter berührte. Aber es war nur eine Kollegin, die auch hören wollte, was da drinnen vor sich ging. Als es so leise wurde, dass man nichts mehr verstehen konnte, gingen sie fort.

„So romantisch", seufzte die eine.

„Ja, sehr romantisch. – Schaust du dir eigentlich auch diese Bollywood-Filme an? Auch so romantisch."

„Ja, aber mein Vater sagt, es ist ein fürchterlicher Kitsch. Er hat halt für Romantik kein Verständnis."

Drinnen im Zimmer saßen die beiden eng umschlungen, küssten einander immer wieder voll Zärtlichkeit. Aber Annabel war entschlossen, es zu tun:

„Georg, wir müssen miteinander reden. Dieser furchtbare Streit damals hat damit begonnen", sie sah entsetzt, wie sein Gesicht sich abwehrend verschloss. „Liebster, wir konnten doch immer so gut miteinander reden, einander zuhören", flehte sie. „Lass es uns auch jetzt versuchen."

„Da gibt es nichts mehr zu reden. Ich hab ja gesagt, dass mir alles recht ist."

„Bitte, Georg, bitte! Du weißt, wie sehr ich dich liebe. Ich kann mir nichts Schöneres vorstellen, als immer mit dir zusammen zu sein. Du weißt es", beschwor sie ihn.

„Aber?"

Sie war wieder auf dem schmalen Grat. Nur nicht abstürzen, nur ja die richtigen Worte finden!

„Damals, als du so plötzlich und zum ersten Mal vom Heiraten gesprochen hast, war ich einfach völlig überrascht, weil ich wirklich nie daran gedacht habe, nur an dich und mich, an ein glückliches Zusammenleben in deinem Haus, das wir gemeinsam geplant haben. Ein Trauschein, eine Eintragung in irgendein Buch, das war für mich so unwichtig, dass es mir nie in den Sinn kam. Aber zu glauben, dass ich dich nicht heiraten will, weil du nicht meinen ehemaligen Kreisen angehörst, dass mir auch nur der leiseste Gedanke kam, du wärest nicht gut genug für mich, ist so weit von der Wahrheit entfernt, dass ich es gar nicht sagen kann. Ich liebe dich nicht nur, ich bewundere dich, bin so stolz auf dich. Ich weiß doch, dass mich tausende Frauen um dich beneiden. Schließlich hast du an jedem Finger zehn." (Das konnte sie sich nicht verkneifen.)

„Dass ich sagte, wir sollten noch warten, hat nicht das geringste mit Äußerlichkeiten zu tun. Es liegt an mir, in mir. Wie soll ich es erklären, was ich selber nicht ganz verstehe. Ich will es versuchen: Ich war schon einmal verheiratet, bin geschieden. Die Kirche weiß schon, warum sie Geschiedenen eine Wiederverheiratung nicht erlaubt, nein, bitte, unterbrich mich nicht, das hat nichts mit meinem ehemaligen Mann zu tun. Du weißt ganz genau, dass mich nichts mehr mit ihm verbindet. Auch wenn du mich nicht mehr magst, würde ich nicht zu ihm zurückkehren. Aber irgendwie bin ich auch als Geschiedene noch nicht so frei, wie ich einmal war.

Ich weiß schon, dass das vor hundert, ja sogar vor fünfzig Jahren vollkommen unmoralisch war, aber, dass heute fast niemand Hals über Kopf – nein, besser: ohne Probezeit – zur Trauung geht, ist so vernünftig. Trotz innigster Liebe kann man nicht wissen, wie das tatsächliche, ständige Zusammenleben sein wird. Ich glaube ja, dass unser Zusammenleben ein glückliches sein wird …"

„Aber sicher bist du nicht."

„Sicher kann niemand vorher sein. Wenn wir dann wissen, dass wir wirklich für immer miteinander leben können, dann können wir auch heiraten."

„Vielleicht will ich es dann gar nicht mehr."

„Siehst du?"

„Was heißt ‚siehst du'?"

„Du siehst die Möglichkeit, dass du mich nach einiger Zeit gar nicht mehr willst. Ist es da nicht einfacher, ohne Formalitäten auseinanderzugehen als sich scheiden zu lassen? Für mich wäre es dann schon das zweite Mal. Georg, Liebster, das ist meine Einstellung, aber ich liebe dich so sehr, dass ich, um dich nicht zu verlieren, alles tun würde."

„Sogar mich heiraten?" Oh, der schmale Grat! „Aber ich werde dich nicht dazu zwingen."

„Zwingen kann man mich auch nicht", da war eine Spur Hochmut in ihrer Stimme.

„Gut, dann erpressen. Ist ja so gut wie zwingen. Nein, Annabel, ich will dich nicht zwingen oder erpressen. Ich weiß jetzt ungefähr, wie du denkst. Vorhin habe ich gesagt, es ist mir alles recht, wenn ich dich nur habe, es soll alles so sein, wie du es willst. Also werden wir zusammen leben und nichts weiter."

„Georg…"

„Nein, Annabel, das ist jetzt ausgeredet. Ich habe mich entschieden, und dabei bleibt es."

‚Er ist ja ein Macho‘, dachte Annabel überrascht und war erstaunt, dass ihr das nicht unangenehm war.

Professor Geiger hatte verlangt, dass Georg Annabel, als er sie von Hall abholte, noch einmal zu ihm brachte. Er wollte alle Berichte sehen, die man ihr von dem Reha-Zentrum mitgegeben hatte und sie auch noch einmal selbst untersuchen. Wie Annabel nicht anders erwartet hatte, war er hochzufrieden, wollte aber auch noch mit dem GM sprechen, sozusagen von Mann zu Mann.
„Schon gut, mein Lieber", wehrte er die heißen, nur gestammelten Dankesworte ab. „Ich weiß ja, wie Ihnen ums Herz ist. Wir alle haben da so einiges mitbekommen." Er musste beinahe lachen, als ihm die Szene vor der Operation mit dem großen GM als ‚Schwächling‘ einfiel.
„Aber was ich Ihnen sagen will – und das habe ich auch Annabel eingeschärft: Sie ist wiederhergestellt, aber ihr Rücken wird – vielleicht für immer – eine Schwachstelle in ihrem Körper sein. Gewisse Stellungen vermeiden, das hat man ihr auch in der Reha beigebracht. Na, und dann, ich übergebe Ihnen unsere Annabel sozusagen zu treuen Händen. Ich weiß, ich kann mich auf Sie verlassen. – Zum Teufel, ja, Sex ja, aber ganz normalen, was soll ich sagen, gesunden Sex ja, keine Exzesse. Sie haben doch Erfahrung genug", knurrte er. „Und mit den Kindern könnt ihr auch noch etwas warten."

Der Anblick ihres Hauses, in dem sie mit Georg leben würde, trieb ihr die Tränen in die Augen. Nun war es doch sie selbst, die da einzog, nicht eine gefürchtete Unbekannte. Sie hatte alles mitgeplant, so viel von ihrem Geschmack, ihren Ideen in dem Bau verwirklicht. Aber vieles hatte sie noch nie gesehen, war während ihrer langen Abwesenheit entstanden, denn Georg hatte jede Verzögerung verhindert, immer gedrängt, vorangetrieben.
‚Er hat schon gewusst, warum", dachte Annabel zärtlich. Das Haus wirkte von außen vollkommen fertig, nur der Garten verriet noch die ehemalige Baustelle.

121

„Willst du mich nicht über die Schwelle tragen, wie es so der Brauch ist?", fragte Annabel und fürchtete, er würde jetzt sagen ‚nur die Ehefrau‘, aber er sagte es nicht, sondern hob sie auf, keuchte und stöhnte:

„Mein Gott, Frau, bist du schwer geworden!"

„Dich muss diese Saison ganz schön viel Kraft gekostet haben, wenn du die zwei Kilo, die ich jetzt mehr wiege, nicht mehr schaffst. Aber du wirst halt doch auch schon alt", stichelte sie. So war es unter Gelächter und Neckereien, dass sie ihr Heim betraten, in dem sie fest entschlossen waren, viele Jahre glücklich zu leben.

Marianne, ‚beste aller Schwiegermütter‘, wie Annabel immer dankbar sagte, hatte alles liebevoll für sie vorbereitet. Da waren Blumen auf dem gedeckten Tisch, ein Auflauf für das Abendessen in der Mikrowelle, ein wohlgefüllter Kühlschrank. Nach all dem Auspacken, Einräumen der Dinge, die sie mitgebracht hatte, dem sich Einrichten in Bad und Schlafzimmer – oh, es war ja noch so unendlich viel zu besorgen, zu tun, dachte Annabel voll Freude – war es Zeit für das Abendessen, die erste Mahlzeit in ihrem Haus, geradezu ein aufregendes Erlebnis.

„Bist du schon müd?", fragte Georg, nachdem sie die Küche in Ordnung gebracht hatten.

„Nein", antwortete Annabel nicht ganz wahrheitsgemäß. Es war lächerlich; jetzt kannten sie sich doch schon zwei Jahre, hatten sich stundenlang leidenschaftlich geküsst, waren einander vor ihrem Zusammenbruch so nahe gekommen, wie es damals nur möglich war, aber jetzt, vor diesem ganz Neuen, Unbekannten, von dem sie nicht wusste, wie es mit ihm sein würde, hatte sie plötzlich Angst.

„Wenn du noch nicht zu müde bist, Annabel – du weißt, was ich mir jetzt wünsche."

Er sah hinüber zu dem Flügel, den ihr in ihr neues Heim mitzugebenHans Petrik darauf bestanden hatte. So spielte Annabel für ihn die zwei Stücke, die ihn vor zwei Jahren so gerührt und damit den ersten Funken in seinem Herz entzündet hatten.

„Noch etwas, was du nicht kennst. Auch von Bach, aber ich muss dazu singen."

Es war „Bist du bei mir, geh ich mit Freuden zum Sterben und zu meiner Ruh…" Sie wusste genau, was sie damit in ihm bewegte, sodass er dieses Übermaß an Gefühlen kaum mehr ertragen konnte. Nach den letzten Tönen hob er sie auf und trug sie in das Schlafzimmer.

Viel später in der Nacht, sie hatte den Kopf auf seine Schulter gelegt, er streichelte sie zärtlich, sagte er müde:

„Wir können doch unser Glücklichsein jetzt nicht verschlafen."

„Also willst du nie mehr schlafen", lachte sie.

„Am liebsten. Ich hab Angst, dass ich das alles nur geträumt hab, wenn ich in der Früh aufwach."

„Ich versprech dir, du wirst in der Früh noch genau wissen, dass du nicht geträumt hast."

„Ich bin schon ein furchtbarer Spinner. Hab ich gar nicht gewusst."

Dann war er fest eingeschlafen.

Sie waren so glücklich, wie es vorher nicht vorstellbar gewesen war. Die Tage waren erfüllt von rastloser Beschäftigung, die Nächte von Zärtlichkeit. Drinnen im Haus wollte Annabel es langsam angehen – es war so schön, immer noch etwas zu verbessern. Nur der Garten, der sollte noch in diesem Sommer so werden, wie sie es sich wünschte.

Da die Skisaison zu Ende war, widmete sich Georg dem „Geldverdienen", wie er sagte. Annabel stimmte zu, mit ihm gemeinsam in einem Werbefilm für die Versicherung mitzuwirken, wenn die Probeaufnahmen Erfolg versprächen. Als Georg zuerst unsicher war, ob sie dazu wirklich bereit wäre, erklärte sie:

„Die meisten Frauen arbeiten heute, die einen in einem Büro, die anderen gehen putzen – da finde ich das doch viel lustiger. Meine Übersetzungen kann ich immer noch nebenher machen."

Georg musste unbedingt nach Wien fahren. Die Universal-Leute warteten schon ungeduldig – und diesmal konnte Annabel mitfahren. Sie sagte Georg nicht, wie sehr sie sich darauf freute. Jetzt, da sie wieder durch die vertrauten Straßen gehen konnte, schöne Geschäfte besuchen, bildete sie sich ein, die Großstadt sehr entbehrt zu haben, Theater, Konzerte, Oper, Ausstellungen.

Den ganzen ersten Tag in Wien verbrachten sie bei der Universal und in den Studios der Werbefirma. Eine Besprechung, ein Fototermin jagte den anderen, aber es machte nicht nur Georg sondern auch Annabel riesigen Spaß. So hatte sie es sich nicht vorgestellt. Man hörte ihren Einwänden und Vorschlägen ernsthaft zu, diskutierte auf so angenehme Weise, dass es geradezu ein Vergnügen war. Georg platzte fast vor Stolz, welchen Eindruck seine Annabel machte, wie man sie bewunderte, Annabel wiederum hatte nicht gewusst, wie ‚cool' ihr Liebster sein konnte und wie sein Charme auch auf die Werbeleute wirkte.

Zu allen übrigen Aufmerksamkeiten hatte ihnen die Universal für den Abend Theaterkarten besorgt. Es war eine Aufführung von Donizettis „Liebestrank" mit Netrebko und Rolando Vilazon, ein auch in der Wiener Staatsoper seltenes Ereignis. Nicht nur Annabel und Georg waren hingerissen, das ganze Haus explodierte förmlich vor Begeisterung, die Leute in der Nebenloge stürzten beinahe über die Balustrade. Annabel sah voll glücklichen Stolz, wie sehr die Eleganz und Pracht i h r e r Staatsoper Georg beeindruckte.

Obwohl sie sich sehr bemühte, konnte sie ihre große Liebe zu dieser Stadt nicht verheimlichen, als sie am nächsten Tag von Geschäft zu Geschäft eilten, um Kleider für alle Gelegenheiten und Schuhe, Schuhe, die für sie ja vier Jahre nichts bedeuteten, zu kaufen. Wie immer, wenn er besorgt war, wurde Georg grantig, sodass Annabel ihm endlich vorschlug, sie allein zu lassen.

„Ich kann mir vorstellen, wie öde das für dich ist, obwohl du ja wirklich geduldig bist. Das Ganze muss dich schon schrecklich langweilen."

„Ich hab gesagt, ich will dabei sein, wenn du dir schöne Sachen kaufst, und dabei bleibt's jetzt auch." ‚Sturer Hund, der ich bin.'

Nicht nur, dass er plötzlich Angst bekam, Annabel würde sich nach diesem aufregenden Aufenthalt in der Großstadt – in ihrer Geburtsstadt – in Tirol nicht mehr wohlfühlen. Erbach und Wien, das waren Gegensätze, wie man sie sich nicht größer vorstellen konnte. Vier Jahre hatte sie sozusagen in der Verbannung gelebt, jetzt war sie wieder dort, wo sie eigentlich hingehörte. Außerdem war da noch am nächsten Tag die Begegnung mit ihrem ehemaligen Mann, die ihn bedrückte.

Schon als das erste Mal die Rede auf ihre Wienfahrt kam, erklärte Annabel, sie werde den Versuch machen, ihren ehemaligen Mann zu treffen.

„Ich habe seit diesem grässlichen Anruf vor Monaten nichts mehr von ihm gehört. Ich bin sicher, er weiß nicht, dass ich wieder gesund bin, sonst hätte er sich ganz bestimmt gemeldet. Das bin ich ihm schuldig, dass er jetzt von meinem Glück erfährt."

„Was du nur immer glaubst, ihm schuldig zu sein! Aber gut, wenn du es für richtig hältst, werde ich dich nicht hindern!"

„Ja," sagte sie nur, aber dachte, dass er sie auch gar nicht hindern könnte.

Er dachte dasselbe, nur mit dem leicht bitterem Nachsatz: ‚Wir sind ja nicht verheiratet.' Er hatte ihre Entscheidung – letzten Endes war es ja dann seine gewesen – akzeptiert, aber ein winziger Rest von Bitterkeit war geblieben, tagelang nicht gespürt, aber immer im Hintergrund lauernd.

Sie hatte Julian nur ganz knapp schriftlich mitgeteilt, dass sie am Soundsovielten in Wien wäre, und wenn er wollte, könnte er sie um zehn Uhr Vormittag in der Halle ihres Hotels treffen. Wenn es ihm nicht passe, möge er ihr beim Portier eine Nachricht hinterlassen. Es war nichts hinterlegt worden, also würde Annabel sich morgen Vormittag mit ihrem Mann treffen. Jetzt, da sie nicht mehr gelähmt war, gab es keinen Grund mehr für die Scheidung. Dass Dr. Julian versuchen würde, seine Frau zurückzubekommen, davon war Georg überzeugt. Und er hatte mehr Recht auf sie als er selbst – wenn man bei so etwas von einem Recht sprechen konnte –, Recht auf den Besitz einer Frau ... Er verlor sich in düsteren Spekulationen, während Annabel ihn fragte, ob er dies hübscher finde als jenes, und die Verkäuferinnen sich vergebens um ihn bemühten, wie sie es bei jedem männlichen Begleiter einer Kundin taten, bei diesem gutaussehenden jungen Mann ganz besonders gern.

Es war kein Wunder, dass sie beide nicht gerade in Hochstimmung ins Hotel zurückkehrten. Annabel machte sich Gedanken, wie sie den Abend verbringen würden. Sie hatten weiter nichts vor – vielleicht irgendwo essen, aber das würde bei Georgs schlechter Laune auch kein Festmahl werden. Zu Hause könnte sie immerhin Klavier spielen, lesen, er sich im Keller mit dem Zusammenbauen seiner Regale beschäftigen. Sie konnte sich vorstellen, dass es ihm ähnlich ging.

Alle diese Gedanken hatten ein Ende, als der Portier ihnen mit dem Zimmerschlüssel einen Zettel mit einer Nachricht gab. Annabels erster Gedanke war: ‚Julian hat abgesagt.'
Aber die Nachricht galt nicht ihr, sondern Georg, der sie ihr schon auf dem Weg zum Lift vorlas: Reginald Mayenburg vom ORF bittet um baldigsten Rückruf und eine Handy-Nummer. Georg war wie elektrisiert.
„Was sagst du, Annabel? Es tut sich was. Ich werde sofort anrufen!"
‚Er braucht das: Spannung, Aufregung. So ein Tag wie heute muss für ihn entsetzlich langweilig gewesen sein.' Glücklich war sie bei diesem Gedanken nicht.
„Erwarte dir nicht zu viel, damit du nicht enttäuscht wirst. Es könnte sein, dass sie dich zu einem Quiz oder einer Talk Show einladen wollen."
Er sah sie voll Abneigung an.

„Du kannst einem aber auch wirklich Mut machen", da meldete sich schon eine Stimme:

„Hier Reginald Mayenburg, danke für Ihren Rückruf, GM. Ich habe zwei Tage vergeblich versucht, Sie zu erreichen. Ich hoffe, Sie können morgen Vormittag Zeit finden, sich mit mir zu treffen. Ich könnte um zehn Uhr in Ihr Hotel kommen."

„Zehn Uhr geht nicht", hörte Annabel ihn sagen. „Aber um elf Uhr wäre es mir recht. Um was geht es denn?"

„Jetzt nur so viel, dass wir gern einen Film über Ihr Leben, Ihre Karriere drehen wollen, Spielfilmlänge, fürs Hauptabendprogramm. Ich kann mir vorstellen, dass Sie unser Angebot interessiert."

Georg sah Annabel triumphierend an.

„Von wegen Talk Show, Rätselsendung! Wann wirst du endlich begreifen, mit wem du es zu tun hast."

Annabel umarmte ihn stürmisch.

„Aber das weiß ich doch, mein großer Held. Es ist nur meine Ängstlichkeit, die mich hindert, sofort das Beste zu erwarten, um ja nicht enttäuscht zu werden. Ich werde mich sehr bemühen, mich zu bessern."

Er küsste sie zärtlich.

„Mein armer lieber Schatz, ich vergesse immer wieder, was du schon durchgemacht hast. Woher sollst du auch Mut und Optimismus haben? Aber du wirst sehen, wenn du nur mehr Schönes und Glückliches erlebst, wird das auch kommen."

Sie dachte an den netten Assistenzarzt und seine Zweifel, ob sie für einen Mann wie Georg Mader, mit diesem Beruf, die richtige Gefährtin war.

Später fiel dann Annabel ein, zu fragen, warum Georg sich nicht um zehn Uhr mit dem ORF-Mann treffen konnte.

„Weil du dann dein Rendezvous mit deinem Ex hast. Nein, nein, natürlich werde ich da nicht auftauchen, das wär schon das Letzte, was mir einfallen könnte. Aber ich geb dir eine Stunde mit ihm, glaube, das muss reichen. Denn ich will dich bei dem Gespräch mit diesem Mayenburg dabeihaben." Und auf ihren Einwand, sie könne

doch nicht einfach ungebeten erscheinen, von ihr sei überhaupt nicht die Rede:
„Aber du gehörst zu mir, ohne dich mach und entscheide ich nichts. Daran müssen sich die Leute gewöhnen."
Worte, die sie überaus stolz und glücklich machten.

Eifersüchtig bildete sich Georg ein, Annabel hätte sich für das Treffen mit Julian ganz besonders hübsch gemacht – einen kürzeren Rock, ein leuchtenderer Lippenstift, dass sich besonders viele Leute nach ihrer attraktiven Erscheinung umdrehten, als sie nach dem Frühstück einen kurzen Bummel durch Kohlmarkt und Graben machten.
Um zehn Uhr setzte er sie vor ihrem Hotel ab und ging fort, um, wie er sagte, auch für sich ein paar Einkäufe zu erledigen.

In der Halle musste Annabel nicht lange suchen. Wie sie erwartet hatte, saß Julian strategisch günstig in einem abgelegenen Winkel in der Halle, eine Zeitung ziemlich gleichgültig in der Hand. Als sein Blick auf die Frau fiel, die da auf ihn zukam, brauchte sogar er, der so schnell denken konnte, ein paar Sekunden, um zu begreifen, dass das wirklich Annabel war, die da auf ihren schönen Beinen auf ihn zukam. Aufspringen und sie in die Arme schließen war eine einzige Bewegung.
„Annabel! Das ist nicht möglich! Ich träume. Ein Wunder."
Seine Stimme schwankte bedenklich.
„Wieso, seit wann, wieso habe ich es nicht erfahren. Erzähle! Oh, bin ich glücklich!"
Er hielt sie eng umschlungen, drückte sie an sich. Sie fürchtete, er würde jeden Moment in Tränen ausbrechen. So schwer hatte sie es sich nicht vorgestellt.
„Julian, bitte, das geht nicht. Setzen wir uns, und ich erzähle dir alles."

Ganz benommen folgte er, aber ihre Hände ließ er nicht los. ‚Nur jetzt die richtigen Worte finden. Lieber Gott, ich will ihn doch nicht verletzen‘, und wusste, dass sie das tun würde.

Allmählich schwand alle Freude aus seinem Gesicht.

„Also der Skifahrer“, sagte er, als sie zu Ende war.

„Die Bilder in der Illustrierten. Damals hast du geleugnet, dass da etwas zwischen euch ist.“

„Es war auch so. Wie hätte ich auch denken können: ein Top-Sportler und eine Gelähmte – es wäre doch so absurd gewesen. Es ist ganz ganz langsam gewachsen. Wir haben es nicht leicht gehabt, glaube mir, es war ein langer, schwerer Weg.“

„Kannst du dir nicht vorstellen, wie grausam das ist? Du hast mich beinahe dazu gebracht zu verstehen, dass deine Behinderung dort leichter zu ertragen ist. Aber für mich ist das jetzt, wie wenn man einen Blinden für ein paar Minuten wieder sehen lässt und dann ist es wieder vorbei, alles Licht verschwunden. Annabel, wir könnten so glücklich sein, noch viel glücklicher als früher. Du bist eine elegante, gebildete Frau, mit mir zusammen kannst du zeigen, was du bist. Du warst immer eine Großstädterin, hast alles geliebt, was Wien zu bieten hat.“

Alles, was er sagte, war richtig, es stimmte genau, das hatte sie selbst in den letzten zwei Tagen gedacht. Sie konnte es ihm nicht und nicht sich selbst erklären, aber es gab kein Zurück.

„Mein Lieber“, sagte sie herzlich, „ich habe so gehofft, du hättest in der Zwischenzeit eine neue Liebe, die passende Frau gefunden und würdest dich einfach über meine Wiederherstellung freuen als mein Freund. Oder, wenn das nicht geht, zornig sein, mich beschimpfen, ihn auch. So ist es nicht nur für dich, sondern auch für mich schwer. Weißt du, Julian, das Leben, das ich mit dir gelebt habe, war so, wie ich es nie anders erwartet hätte, ganz selbstverständlich. Mein zweites Leben ist so anders in jeder Weise, dass es mir vorkommt, als wären die Annabel von damals und die von heute zwei verschiedene Personen. Die frühere existiert nicht mehr.“

Sie beugte sich über ihn, nahm sein Gesicht in ihre Hände und küsste ihn wie eine Schwester, eine Freundin und war verschwunden, ehe er sich noch gefasst hatte.

Im Zimmer oben überprüfte sie ihr Aussehen, stand dann eine Weile am Fenster und blickte, um sich zu beruhigen, auf die Straße hinunter. Tatsächlich fühlte sie sich, als bald darauf das Telefon läutete „Annabel, komm herunter, der Mayenburg ist schon da", zu allem bereit.

Die beiden Männer standen auf, Georg sah sie scharf an, und Annabel war froh, dass sie nicht geweint hatte, ihm wäre es ganz sicher nicht entgangen.
„Frau Doktor Julian", stellte er sie vor, nachdem der andere seinen Namen genannt hatte.
„Annabel, oh ich weiß", lachte der. „GM hat ja dafür gesorgt, dass dieser Name ausgesprochen populär geworden ist. Ich möchte wissen, wie viele Babys nächstes Jahr auf diesen Namen getauft werden."
Sie lachten alle drei und das noch oft in der nächsten Stunde, denn der eher unscheinbare Reginald Mayenburg war nicht nur äußerst kompetent, sondern auch witzig und charmant. Annabel gefiel er sofort, was auf Gegenseitigkeit beruhte. Als sie entschuldigend sagte, sie wisse nicht, was sie bei dieser geschäftlichen Besprechung sollte und ob sie nicht besser wieder ginge, ergriff er ihre Hand, beteuerte lebhaft, wie froh er über dieses Zusammentreffen war.
„Wie ich schon begonnen habe zu erklären: Wir wollen die ganze Lebensgeschichte unseres GM aufzeichnen, die Kindheit, den Bergbauernhof ins Bild bringen mit dem Beginn seiner großen Leidenschaft, dem Skifahren, vielleicht die Mutter im Supermarkt und dann kann es schon mit Originalaufzeichnungen aus seiner Karriere weitergehen. Das ist alles aufregend genug, aber die Geschichte Ihrer", jetzt merkte man, wie er seine Worte sehr vorsichtig wählte, „wie Sie sich kennenlernten, das wird die Menschen rühren. Wissen

Sie, bevor wir so etwas beginnen, wird natürlich sorgfältig recherchiert. Wir haben schon vorgehabt, Sie, Frau Doktor Julian, und Ihre Geschichte einzubringen. Jetzt, wo ich Sie persönlich kennengelernt habe, bin ich überzeugt, dass Sie einen ganz wesentlichen Anteil am Erfolg, an der Akzeptanz unseres Films haben werden."

Annabel wehrte ganz entsetzt ab. Was für ein Gedanke! Aber dann sah sie zu ihrem Erstaunen, dass Georg überhaupt nicht ablehnend dreinsah, sondern begeistert zustimmte. ‚Er benützt mich ja doch', dachte sie, nur, warum sollte er nicht. Sie wollten ja alles gemeinsam machen, da gehörte dies auch dazu.

„Lieber GM, Sie werden das alles gemeinsam mit …" und jetzt zögerte er, und zumindest Annabel verstand, was er suchte: sollte es ‚Ihre Freundin, Ihre Lebensgefährtin sein?' Dann umschiffte er diese Klippe. „… mit Annabel besprechen. Ich versichere Ihnen, wir werden nichts aus Ihrem Privatleben ohne Ihre ausdrückliche Zustimmung verwenden. Ja, ich bitte Sie ausdrücklich um Ihre aktive Mitarbeit."

„Aber ich bin keine Schauspielerin, ich werde mich furchtbar steif und ungeschickt benehmen."

„Sie können mir glauben, ich habe dafür einen guten Blick. Ich täusche mich nur ganz selten, das ist schließlich mein Job. Außerdem sollen Sie nichts spielen, Sie sollen nur Sie selbst sein."

Das finanzielle Angebot erschien ihnen, da sie sich keine Vorstellungen davon gemacht hatten, großzügig genug.

„Früher hätte ich Ihnen viel mehr bieten können – der ORF galt immer als ein angenehmer Partner, aber seit einiger Zeit wird auch bei uns gespart", entschuldigte er sich.

Annabel verschlug es fast den Atem, als sie Georg von Sonderzahlungen für dies und jenes wie Hotelkosten, Reisezuschüsse reden hörte, noch mehr, als alles ohne Zögern akzeptiert wurde. Ihr Liebster war ein scharfer Geschäftsmann, so als hätte er nie etwas anderes getan.

Wie es sich zeigte, waren die Vorbereitungen so weit gediehen, dass man ihnen in den nächsten Tagen schon den ganzen Plot zum Durchlesen schicken werde, dann müssten sie wieder kommen, man würde sich über eventuelle Änderungen einigen, ihre Vorschläge so weit es ging berücksichtigen und sofort mit den Dreharbeiten beginnen. Es war ganz offensichtlich, dass man GMs Ruhm, der vor allem durch das sensationelle Hahnenkammrennen einen Höhepunkt erreicht hatte, ausnützen wollte.

„Das Eisen schmieden, so lange es heiß ist, bevor die Leute beginnen, ihr Interesse zu verlieren", wie Mayenburg sagte.

Er hätte sie gern zum Mittagessen eingeladen, wurde aber zu einer Redaktionskonferenz erwartet, bei der er unabkömmlich war. Dafür bat er sich den Abend aus, wo im Le Ciel ihre beginnende Zusammenarbeit gefeiert werden sollte.

Georg und Annabel war das sehr recht. Das war alles so neu und aufregend, dass sie es unbedingt allein besprechen wollten. Annabel war begeistert und freute sich ungemein auf die nächsten Wochen, die Zusammenarbeit mit ihm und diesem interessanten Reginald Mayenburg. Georg aber explodierte förmlich. Er sprudelte seine Ideen und Pläne nur so heraus. Seine ungeheure Energie und Lebenskraft waren es, die ihn zu dem gemacht hatten, was er heute war. ‚So wird es immer sein', dachte Annabel, ‚er braucht das, die rastlose, spannende Tätigkeit, etwas, wofür er sich voll einsetzen kann. Er wird dadurch immer und überall Erfolg haben.'

Der Vormittag mit Mayenburg war so aufregend, dass ihr Treffen mit Julian ganz in den Hintergrund gedrängt wurde. Auch später erzählte Annabel nur knapp, was sich zugetragen hatte, und war froh, dass Georg alles gelassen zur Kenntnis nahm. ‚Armer Julian, du bist jetzt ohne Bedeutung, du bist zu einem Schatten geworden.'

Von wegen langweiligem Leben in einem kleinen Tiroler Ort, abgeschieden und eintönig! Niemals mit Georg, das war ihr klar. Sie musste nur versuchen, halbwegs mit ihm Schritt zu halten.

„Wir werden alle Augenblicke nach Wien fahren müssen. Was das für dich bedeutet, meine Annabel, das brauchst du gar nicht erst zu

versuchen, mir zu verheimlichen, das weiß ich. Ich glaube, ich neh-me uns eine kleine Wohnung, Mieten zuerst, dann vielleicht Kau-fen. Ganz klein nur, aber damit wir unabhängig sind. Das werde ich bei nächster Gelegenheit mit dem Mayenburg besprechen. Ich kann mir vorstellen, dass das auch in ihrem Interesse liegt und die uns da helfen können. – Aber jetzt raus aus der Stadt! Ich brauche Luft."
Er holte den Wagen aus der Garage, und sie fuhren hinauf auf den Kahlenberg zu einem späten Mittagessen und anschließenden Spa-ziergang. Das war etwas, was man mit Georg unmöglich machen konnte. ‚Zumindest nicht ich', dachte Annabel unzufrieden. Dass ihr dabei Beate in den Sinn kam, die sicher brav mit ihm traben würde, ärgerte sie zusätzlich.
„Georg, bitte", sie blieb keuchend stehen. „Ich bin keine Sportlerin, war es nie, das bisschen Tennis und, ja, auch Skifahren ist nicht der Rede wert. Ich kann da nicht mit, und für dich ist auch das noch viel zu langsam, als dass es dir Spaß machen könnte. Man hätte dir nicht den Namen GM sondern Speedy geben sollen. Gib mir die Autoschlüssel, ich gehe langsam zurück, und du rennst so, wie es dich freut und so lange du willst. Vergiss mich."
Er nahm sie zärtlich in die Arme.
„Mein Schatz, mein lieber kleiner Schatz, als könnte ich dich auch nur für eine Minute vergessen. Aber mit mir mitrennen, wenn es dich nicht freut und über deine Kraft geht, das ist wirklich sinnlos. Wir zwei haben ganz andere Möglichkeiten, uns gegenseitig unse-re Fitness zu beweisen", lachte, küsste sie hart auf den Mund und rannte davon. Es war so schön, seinen gleichmäßigen, kraftvollen Bewegungen zuzusehen. ‚Ein wahrer Athlet', dachte Annabel, die erst zurückging, als er aus ihrem Blickfeld verschwunden war.

Langweilig war ihr gemeinsames Leben nie gewesen, aber jetzt wa-ren die Tage, die Nächte, alles zu kurz. Der Garten erforderte eine Menge Zeit, im Haus gab es noch so viel zu tun. In Wien hatten sie bei Staltner Vorhänge für das Wohnzimmer gekauft. „Irrsinnig teu-er! Der Preis!!", hatte der sparsame Georg entsetzt gestöhnt, aber

133

sie waren so wunderschön, dass sie den ganzen großen Raum beherrschten und sie sich an ihnen nicht sattsehen konnten.

Vor allem saßen sie viele Stunden gemeinsam über dem Drehbuch, diskutierten, einigten sich aber am Ende doch immer. Zum Singen blieben ihnen fast nur mehr die Stunden auf der Autobahn, was diese langen Fahrten angenehm verkürzte. Es war ein erfülltes, ein spannendes Leben, sie waren beide glücklich und zufrieden. Nicht nur das ORF-Projekt rief sie immer wieder nach Wien, auch der Werbefilm für die Universal musste fertiggestellt werden. Immer wieder meldeten sich Zeitungen, die ein Exklusiv-Interview mit GM erbaten. Oft dachte Annabel, man müsse für so viel Ruhm und Annerkennung auch einen hohen Preis bezahlen – das Leben war eine einzige Folge von Terminen. Sie war geradezu froh, wenn Georg, um seine Kondition nicht zu verlieren, für einen Tag wegfuhr, um in irgendeiner Gletscherregion skizufahren. Auch da wollte er sie am liebsten immer mit dabeihaben, sah aber dann doch ein, dass das reine Zeitvergeudung war. Zeit war etwas, was ihnen am meisten fehlte, immer knapp war.

Georg kam pünktlich aus Innsbruck zurück. Er hatte seine Rückkehr schon von dort angekündigt, dann unterwegs noch einmal angerufen. Annabel noch in den Armen haltend schnupperte er den Duft, der die Küche erfüllte.

„Oh, Lammbraten. Genau das Richtige für einen hungrigen Wolf."

„Ja, Lammbraten nach Annabel, grüne Bohnen französisch und Thymiankartoffel", lachte Annabel. „Lauter Lieblingsspeisen von dir."

„Du verwöhnst mich. Das klingt ja direkt nach einem Festessen."

Auch der Esstisch war besonders hübsch gedeckt, der Rotwein, von dem beide überzeugt waren, dass ein Glas zu diesem Essen unbedingt dazugehörte, war ein besonderer. Georg erzählte von seinem Tag, Annabel hatte nicht viel zu berichten. Irgendwie wurde Georg das Gefühl nicht los, dass etwas in der Luft lag. Er hatte ein feines Gespür für Stimmungen und Atmosphäre.

Sie räumten gemeinsam den Tisch ab, brachten die Küche in Ordnung; als Annabel ihn dann bat, es sich auf dem Sofa vor dem Kaminfeuer bequem zu machen und mit zwei Gläsern und einer Flasche Champagner erschien, war er ernstlich besorgt.

„Also war mein Verdacht nicht unbegründet. Wir feiern etwas, und ich hab den Grund dafür vergessen. Weder dein noch mein Geburtstag oder Namenstag, irgendein Jahrestag? Aber Jahrestage gäbe es so viele, die wir feiern müssten. Ein spezieller fällt mir wirklich nicht ein."

„Mit diesen deinen Überlegungen bist du weit daneben. Bitte, öffne die Flasche. Gut, dass es diese Sektverschlüsse gibt. Eine ganze Flasche trinken wir sicher nicht, ob sie überhaupt gebraucht wird, ist auch zweifelhaft".

„Annabel, das Leben mit dir ist so aufregend. Ich kann mir nicht vorstellen, dass es einmal langweilig wird."

„Das ist auch das Letzte, was ich mir wünsche."

„Viel eher bringst du es noch so weit, dass ich eines Tages einen Herzinfarkt bekomm."

Nachdem die Flasche geöffnet, mit der Sektkappe aber wieder verschlossen war, musste er sich in die Sofaecke setzen. Annabel kauerte vor ihm auf dem Teppich, umschlang seine Knie mit ihren Armen. Ihre großen grauen Augen sahen jetzt ernst zu ihm auf.

„Bitte, Georg Mader, sag mir, willst du mich zu deiner Frau haben? Willst du mich heiraten?"

Nach einem kurzen Moment der Überraschung wurde sein Gesicht ernst, nur in seinen Augen konnte sie das Lachen erkennen. Er versuchte, sie zu sich heraufzuziehen, aber sie wehrte ihn ab.

„Ja oder nein?"

„Frau Doktor Julian, das kann ich nicht so schnell beantworten. Das muss ich mir gut überlegen."

„Ja, das verstehe ich schon. Aber, bitte, Liebster, überlege nicht zu lange, denn unser Kind kommt in etwa sieben Monaten zur Welt."

Jetzt war er nicht mehr zu halten. Er sprang auf, hielt sie in seinen Armen umschlungen, bedeckte ihr Gesicht mit Küssen.

„Ich glaub, jetzt hab ich wirklich einen Herzinfarkt. Annabel, du bringst mich noch um."

„Ja oder nein, du hast noch immer nicht gesagt, ob du mich auch jetzt noch willst."

„Ja, ja, tausendmal ja. Wie ich dich kenne, wirst du jetzt fragen, ob ich dich nur nehme, weil ein Kind einen Vater braucht. Aber das sag ich dir: wenn es ein Mädchen wird, such ich den Namen aus."

„Und bei einem Buben ich."

„Ist nur gerecht."

„Aber, wenn ich Hieronymus will?"

„Einspruch, Euer Ehren. Gilt auch für dich, wenn ich Kleopatra möcht. Gott, bin ich gerecht!"

Endlich tranken sie ihr Glas Champagner, saßen eng umschlungen auf dem Sofa.

„Ganz versteh ich allerdings nicht, wie es möglich ist, dass wir ein Kind bekommen."

Annabel wollte sich ausschütten vor Lachen.

„Wirklich nicht? Ich dachte, man hätte dich irgendwann einmal aufgeklärt."

„Spaß beiseite. Da hab ich schon ein etwas schlechtes Gewissen. Der Professor wollte nicht, dass du sofort schwanger wirst. Er hat mich da irrtümlich für einen Experten gehalten."

„Es kann ja auch mein Fehler sein. Mit der Pille und so. Es ist nichts hundertprozentig. Aber der Gynäkologe ist sehr zufrieden, und ich bin überzeugt, Professor Geiger wird es auch sein."

„Wunderbar, dann sind wir also alle glücklich. Nur nach dem vierten oder fünften Kind werden wir besser aufpassen. Aber wir können immer noch ein Stockwerk aufbauen."

Die Trauung sollte so bald wie möglich sein, da waren sie sich sofort einig.

„Eine hochschwangere Braut! Grässlicher Gedanke", sagte Annabel.

„Meinst du, dass vier Wochen reichen? Dass du da noch nicht zu dick bist?"

„Na, sei so gut. Wenn man es mir im dritten Monat schon ansieht, kannst du mich im neunten nur mehr als Kugel durch die Gegend rollen."

„Entschuldige. Tut mir leid, aber damit hab ich keine große Erfahrung", tat er unschuldig, was sie ihm großmütig verzieh. Alles und jedes brachte sie zum Lachen.

„Frau Doktor Julian, glauben Sie, dass man vor lauter Glück blöd werden kann?"

„Ja", war die entschiedene Antwort, „das sieht man ja an uns."

„Aber jetzt an die Arbeit. Ich werde noch heute die entsprechenden Emails verschicken, denn vier Wochen sind schon sehr knapp, das geb ich zu. Das wird ein Gejammer geben!"

„Wer? Was?"

„Mein Herz, wenn du geglaubt hast, du kannst einen GM am Standesamt in Erbach heiraten, mit der Elfriede und Frau Bauer als Trauzeuginnen, kannst du das gleich vergessen. Das wird eine Riesenfete, die …"

„Georg! Nein!! Und bedenke die Kosten," versuchte sie an seinen Sparsinn zu appellieren.

Er sah sie verständnislos an.

„Du glaubst doch nicht, dass ich auch nur einen Cent dafür ausgeb. Da werden sich so viele darum reißen: der Skiverband, aber vor allem die Universal. Dafür geb ich ihnen auch freie Hand – sie können bestimmen, wo die Trauung, das Festessen sein soll und wer eingeladen wird. Bis auf die paar, die wir dabeihaben wollen, aber das wird sich weitgehend überschneiden. Dafür dürfen sie dann auch die Kosten übernehmen."

„Du bist vollkommen übergeschnappt. Du glaubst doch nicht im Ernst, dass das so geht?"

„Wollen wir wetten? Nein, das wär unfair. – Annabel, ich weiß nicht, was du dir vorstellst, aber ich werde nichts anderes tun, als den Leuten mitteilen, dass wir am Soundsovielten heiraten werden. Mehr nicht. Glaub mir, die tun nie etwas, ohne einen Vorteil davon zu haben. Die berechnen ganz genau, was ihnen eine Sache wert ist.

Allerdings wird es ein fürchterliches Geschrei wegen des Termins geben. Ganz ausgeschlossen! Unmöglich! Na, dann nenne ich ihnen die Alternative: Trauung in Erbach im engsten Freundeskreis unter Ausschluss der Öffentlichkeit. Was glaubst du, was dann auf einmal möglich ist."

„Aber jeder vernünftige Mensch wird sich fragen, warum es unbedingt in vier Wochen sein muss."

„Natürlich. Aber sie kennen mich – bei mir muss immer alles schnell gehen. Wie stur ich bin, wissen sie auch alle. Wenn es dir lieber ist, kann ich ja noch hinzufügen, dass ich es mir sonst womöglich doch noch überlege."

Worauf das Gespräch in Handgreiflichkeiten überging.

Es war alles so, wie Georg vorhergesehen hatte. Begeisterung über die werbewirksame Hochzeit, lächelndes Kopfschütteln über den Termin, heftige Proteste, als man sah, dass er es ernst meinte. Georg sagte, er wolle gar nicht wissen, wer alles wen in Verzweiflung stürzte, aber im Grunde lasse es ihn auch kalt.

Die Trauung im Großen Festsaal des Wiener Rathauses im Beisein des Bürgermeisters und zweier Minister neben anderer Prominenz war dann doch sehr feierlich. Annabel sah in einem elfenbeinfarbenen Seidenkleid so hinreißend aus, dass die Fotografen nicht genug von ihr bekommen konnten.

Nach all den Ansprachen und Gratulationen von bekannten und unbekannten Leuten war sie dann aber doch den Leuten von Universal dankbar, die sie beide kurzerhand hinausführten und in das Palais Coburg brachten, wo in einem prächtigen Saal das Essen für mehr als 150 Personen stattfand. Auch das war anstrengend ,und Annabel fragte sich heimlich, wer wirklich ein Vergnügen an so einer Veranstaltung hatte. Sie hielt sich tapfer, tanzte dann auch noch den Eröffnungstanz des Balles mit ihrem Liebsten – einen schnellen natürlich –, aber dann war sie am Ende. Sie war so blass, hing so schwer an seinem Arm, dass es niemand wagte, sie zum Bleiben überreden zu wollen.

Im Hotel wurden sie dann noch einmal mit Applaus und Glückwünschen begrüßt, bis sie endlich allein in ihrem Zimmer waren. Ihre Hochzeitsnacht verbrachte Georg am Bett seiner frisch Angetrauten sitzend und kalte Kompressen wechselnd, weil sie rasende Kopfschmerzen hatte.

Ganz anders war dann die kirchliche Feier, viel mehr nach Annabels Geschmack und wie Georg gestand, auch nach seinem.

„Nur wir, Pater Johannes und meine Mutter."

„Und die Petriks."

„Natürlich die Petriks. Und Professor Geiger."

„Und Gottlieb Kramer und seine Bernadette."

So waren es dann neun Personen, die in der halbdunklen Kirche eine Stille Messe mit anschließendem Segen für das junge Paar feierten. Pater Johannes fand Worte, die allen so zum Herzen gingen, dass manche Träne der Rührung vergossen wurde.

Gemeinsam ging es dann zum „Goldenen Löwen", wo Georg in einem Extrazimmer das Essen bestellt hatte. Hans Petrik, großzügig wie immer, wollte zuerst der Gastgeber sein, war da aber auf ganz entschiedenen Widerstand Georgs gestoßen. Das andere, fanden Georg und Annabel, war eine pompöse Veranstaltung gewesen, aber das jetzt ihre wahre Hochzeit.

„Na Mutter, bist zu jetzt zufrieden?", flüsterte Georg seiner Mutter zu. „Nur deinetwegen haben wir uns so beeilt, damit du endlich zu deinem Enkelkind kommst. Man muss halt alles abwarten können."

Ziemlich genau zwei Monate später erhielten mit dem Skisport in Verbindung stehende Sportjournalisten, Funktionäre, Manager die Mitteilung, dass die Universal für ihren Top-Werbeträger Georg Mader, genannt GM, in der Hofburg in Wien eine Pressekonferenz abhalten würde. Die Trainings für die Mannschaften hatten schon begonnen, man war gespannt, was man zu hören bekommen würde.

Entsprechend zahlreich waren die Leute, die ihr Kommen zugesagt hatten.

Annabel und Georg waren gemeinsam nach Wien gefahren, hatten einen Abend im Theater an der Wien in einer fabelhaften Aufführung von „Il mondo della luna" von Haydn geschwelgt und wie immer genossen, dass sie in Wien höchstens als das beachtet wurden, was sie waren – ein ganz besonders attraktives Paar.

Am nächsten Vormittag ging Georg schon früher zum Ort der Pressekonferenz. Fred Raigner, einer der großen Bosse von Universal, hatte es sich nicht nehmen lassen, Annabel mit Wagen und Chauffeur vom Hotel abzuholen und in die Hofburg zu begleiten.

„Das ist überaus freundlich von Ihnen", lachte Annabel, „aber dieses kleine Stück hätte ich ja leicht zu Fuß gehen können."

„Ich wollte einmal wenigstens ein paar Minuten mit Ihnen allein sein."

Annabel, die seinen Ruf als berühmten Charmeur kannte, lachte.

„Ob das wirklich den Aufwand lohnt?"

„Und dann hätte ich zu gern gewusst, ob tatsächlich auch Ihnen der Anlass für diese Pressekonferenz verborgen geblieben ist. Er behauptet, es würde auch für Sie eine Überraschung geben."

„Ach wissen Sie, Dr. Raigner, es gibt nicht viel, womit Georg mich noch überraschen kann."

„Dass Sie sich da nicht eines Tages täuschen", da waren sie schon angelangt und einem Ansturm von Reportern ausgesetzt.

„Jetzt verstehen Sie, warum ich Sie unbedingt abholen wollte. Mit einer schönen Frau zusammen fotografiert zu werden lasse ich mir nie entgehen", konnte er noch schnell sagen, dann mussten sie sich den Fragen und Zurufen stellen. Nun war Annabel doch sehr froh, dass sie nicht allein war, denn ihr erfahrener Begleiter verstand es, ohne jemand vor den Kopf zu stoßen, relativ schnell den Eingang und den großen Saal zu erreichen, in dem sie erwartet wurden.

Obwohl Annabel wusste, dass sie in der Zwischenzeit durch die spektakuläre Hochzeit und zahlreiche Interviews fast so bekannt war wie

GM, hatte sie stehenden Applaus bei ihrem Eintritt nicht erwartet. Sie war froh, als sie ihren Platz in der ersten Reihe erreichte.

Erwartungsvolle Stille kehrte ein, die dann durch herzlichen Begrüßungsapplaus unterbrochen wurde, als Georg Mader auf dem Podium erschien. Es wurde aber sehr schnell wieder still, zu sehr waren alle gespannt, was sie erfahren würden.

„Liebe Freunde des Skisportes! Und es werden ja vielleicht sogar auch ein paar Freunde von mir darunter sein", was wieder ein paar Leute zustimmend in die Hände klatschen ließ.

„Die beste, anständigste Versicherung der Welt.", Gelächter. Er lachte auch, was ihn mit seinen schönen Zähnen umwerfend gut aussehen ließ, „und ich haben Sie heute hierher gebeten, um eine Mitteilung zu machen. Aber ich will auch wieder einmal meine große Liebe zum Skisport erklären, dem ich viel, nein, eigentlich fast alles zu verdanken habe. Es ist der herrlichste Sport, den es gibt. Nichts in der Welt ist mit dem Gefühl dieser Freude zu vergleichen, wenn man sich einen Berg hinunterstürzt, je steiler, je schwieriger, umso besser – wenn die Sonne scheint und kein eisiger Wind weht, schad's auch nicht. Berge ringsum, der Himmel über dir. Ich muss es wissen, ich hab es von frühester Kindheit an geliebt, dieses Gefühl, aber auch den Wettkampf, das sich Messen mit anderen, ebenso Besessenen, ebenso guten, wie man selber ist, das immer Besserwerden, den Erfolg. Ich hab mir alles schwer erkämpft, aber es war jede Stunde der Mühe wert.

Die längste Zeit meines Lebens hat es für mich überhaupt nichts anderes gegeben als das Skifahren. Ich glaube, ich hab nicht einmal gewusst, dass es etwas anderes gibt. Aber dann trat etwas, jemand, in mein Leben und hat mir die Augen geöffnet für eine neue Welt: die Welt der Musik zum Beispiel, der darstellenden Kunst, der Gedanken, des sich Mitteilens. Aber das hat nie meine Liebe zu meinem Beruf nur im mindesten schwächer gemacht. Ich hab alles gegeben, was in mir ist. Ich hab nie etwas zurückbehalten. Das hab ich ja auch in der letzten Rennsaison bewiesen, die die schönste und erfolgreichste meines Sportlerlebens war.

Aber beim Essen hat meine Mutter immer gesagt: ‚Bub, wenn's am besten schmeckt, soll man aufhören.' Daher hab ich mich entschlossen, ab sofort den aktiven Rennsport aufzugeben."

Was er noch sagen wollte, ging unter in dem ausbrechenden Tumult. Protestschreie: Nein! Nicht! Unmöglich! Das geht nicht!, ja sogar weinende Männer waren zu sehen. Auch dem Mann auf dem Podium war die Rührung anzumerken. Die Menschen in der ersten Reihe, die seinen Entschluss schon kannten, saßen mit gesenkten Köpfen, andere sprangen auf, protestierten. Als sich der Lärm etwas beruhigt hatte, versuchte Georg wieder zu sprechen.

„Freunde, liebe Trauergemeinde, ich werde dem Skisport und den Menschen, die mit ihm zu tun haben, immer verbunden sein. Wenn man mich braucht, werde ich für sie da sein, aber nicht mehr als aktiver Rennläufer."

Nachdem er sich endlich wieder Gehör verschaffen konnte:

„Es ist ja nicht so, dass ich glaub, in der kommenden Saison nichts mehr zusammenzubringen, dass ich mir nichts mehr zutrau. Aber mein Beruf ist für die, die wir lieben, ein nie endender Schrecken, eine ständige Angst. Also hör ich auf für Annabel und Christabel."

Ein Raunen, einige Ausrufe, auch die in der ersten Reihe, die bis jetzt wissend, wenn auch traurig, dreingesehen hatten, gerieten in Bewegung. ‚Wer war Christabel?' Schließlich riefen ein paar diese Frage.

„Meine Tochter."

Jetzt war die Verwirrung, Aufregung beinahe noch größer. Eine Tochter? Wieso hatte man nie von einer Tochter gehört? Woher kam die auf einmal? Die Universalleute neben Annabel richteten Fragen an sie, völlig verwirrt und sich fragend, wie das rein rechnerisch möglich war mit Annabels Behinderung und allem was folgte. Aber Annabel sah in die Augen des Mannes, den sie über alles liebte und fürchtete, weinen zu müssen und dann mit der zerlaufenen Wimperntusche wie ein Clown auszusehen.

„Annabel ist meine geliebte Frau und Christabel meine Tochter, die in vier Monaten auf die Welt kommen wird."

142

www.ingramcontent.com/pod-product-compliance
Lightning Source LLC
Chambersburg PA
CBHW031113260626
47172CB00001B/352